EINFÜHLUNG und ASSOCIATION

in

DER NEUEREN ÄSTHETIK.

EIN BEITRAG

ZUR

PSYCHOLOGISCHEN ANALYSE DER ÄSTHETISCHEN ANSCHAUUNG

VON

Dᴿ. PAUL STERN.

HAMBURG und LEIPZIG

VERLAG VON LEOPOLD VOSS.

1898.

SEINEM LIEBEN GROSSVATER

IN DANKBARKEIT GEWIDMET

VOM

VERFASSER.

INHALT.

Seite

Einleitung. Kapitel I. Der Einfühlungsgedanke in der
Romantik . . . . 1—8
Seine Stellung bei Novalis, J. Paul, A. W. v. Schlegel.
Aufzeigung der mit ihm gegebenen Gesichtspunkte.
Seine ursprüngliche Zweideutigkeit.

Erster Abschnitt. Die Entwickelung des Gegensatzes
zwischen der idealistischen Ästhetik und der
modernen Psychologie nach ihren Gründen und
Ergebnissen . . . . 8—38
Kapitel II. Übergang vom Symbolbegriff zum
Einfühlungsbegriff bei Fr. Vischer und Lotze . 8—16
Formalismus und Gehaltsästhetik. Modifikationen des
Symbolbegr. bei Fr. Vischer. — Die unmittelbar sich
ergebenden psychologischen Fragen bei Lotze. Die
Kräftetheorie (Theorie des inneren Nacherlebens) und
die Erinnerungshypothese als verschied. Ableitungen
der symbolisch Bedeutung. — Deren gefühlsmässiger
Charakter. — Deren ethischer Wert.
Kapitel III Die psychologische Tendenz bei
Rob. Vischer . . . . 16—26
Misstrauen der idealistischen Ästhetiker gegen die
wissenschaftliche Psychologie. — Selbständ. Versuch
psychologischer Ableitung. — R. Vischers Ausgangspunkt: die Physiologie. Die Augenbewegungen. Die
Wechselwirkung der Sinnessphären. Bewegungsvorstellung und Selbstvorstellung. Die Analogie der
ästhetischen Anschauung mit d. Bildern d. Traumes.
Einempfindung. Projektion der Selbstvorstellung.
Einfühlung. — Kritische Bemerkungen: die Einfühlung
als Metapher; der ästhetische Pantheismus kein Ersatz
für psychologische Erklärung. — Das Gefühlsmässige d.
ästhet. Bedeutung bei Vischer. — Begründung des ästh.
Genusses aus dem ethischen Selbstwertgefühl.
Kapitel IV. Die Gestaltung des Gewonnenen bei
Groos, Siebeck, Fr. Vischer, Biese . . . . . . 26—38
R. Vischers Anregungen für die Späteren. — Bleibender Dualismus zwischen Theorie des inneren Nacherlebens und Erinnerungshypothese. — Die innere
Nachahmung als Bewusstseinsinhalt bei Groos. — Die
Erinnerungshypothese bei Siebeck. — Unzulänglichkeit
für das Problem der Formen. — Die Behauptung der
immanenten Nötigung zur Einfühlung in ihrem metho-
dischen Unwert bei Fr Vischer (Symbol) und Biese

Seite

Zweiter Abschnitt. Kapitel V. Die Formulierung des Gegensatzes in Einwänden gegen die Psychologie . . . . 38—51
Volkelts Missverständnis gegenüber d. Fechnerschen Associationsprinzip. — Fechners Grundlagen. Seine Berücksichtigung d. Symbolischen Der direkte Faktor. Volkelts Einwände: 1. Das Nebeneinander; 2. Das Nicht-Gefühlsmässige; 3. Das Zufällige d. Associationsbegriffes. Seine Vieldeutigkeit. Allgemeine Bestimmung seiner Bedeutung.

Dritter Abschnitt. Zurückweisung d. Volkeltschen Einwände. Psychologische Erklärung der ästhet. Anschauung . . . . 51—81
Kapitel VI. Zurückweisung d. ersten Einwandes. Warum die Association nicht ein bewusstes Nebeneinanderstehen von Vorstellungen bedeutet . . . . 51—56
Das Unbewusste. Wirksamkeit associativ angeregter, aber unbewusst bleibender Vorstellungen. — Die Begrenztheit der seelischen Kraft als Grund des Unbewusstbleibens von Vorstellungen. — Zum ästhetischen Eindruck eine Fülle von Nebenvorstellungen erforderlich.

Kapitel VII. Zurückweisung des zweiten Einwandes. Wie Association u. Gefühl zusammenhängt . . . . 56—69
Gefühl und Vorstellungsbeziehungen. Vorstellungsbeziehung und psychische Erregungsweise. Psychische Erregungsweise u. Ähnlichkeits-Association. Ähnlichkeits-Association und Gefühl. — Determination der Ähnlichkeits-Association. — Ähnlichkeits-Association und Phantasie. — Folgerungen: die körperliche Resonanz als Folge der psychischen; die objektive Bedingtheit der Eigenart des ästhetischen Gefühls; die Ähnlichkeits-Association als subj. Beding. seines Daseins. — Gefühl als Strebensgefühl. Dessen Modifizierbarkeit Streben und Persönlichkeit. — Die Objektivierung des ästhetischen Gefühls. Dasselbe als Sympathiegefühl. Das Wahrgenommene als Symbol.

Kapitel VIII. Zurückweisung des dritten Einwandes. Warum Association nicht nur einen rein zufälligen Zusammenhang bedeutet . . . 70—79
Die Erfahrungs-Association als Faktor der Erfahrung. Dieselbe als Vermittlerin der ästhetisch. Anschauung. Dieselbe als Massstab für deren Gültigkeit. — Noch einmal das Problem der geometrischen Formen; ästh. Mechanik und ihre Grundsätze. — Die möglichen Fehlerquellen ästhet. Urteile. Ästhetische u. ethische Persönlichkeit. Unterschied beider

Schluss. Kapitel IX. Zusammenfassung . . . . . 79—81

———— ❧ ————

Einleitung.

Kapitel I.

Der Einfühlungsgedanke in der Romantik.

„Die Subjektivität des ästhetischen Urteils mit unerbitt-
licher Deutlichkeit hervorgehoben zu haben, halte ich für
eines der wesentlichsten Verdienste, welche Kants eindring-
liche Kritik sich erworben hat.“[1]) Mit diesen Worten bezeichnet Lotze seinen ästhetischen Standpunkt sowohl
gegenüber Kant, als gegenüber der formalistischen Schule
Herbarts und Zimmermanns. Die Weiterentwicklung der
wissenschaftlichen Ästhetik hat dieser Wertung recht gegeben. Das Kantsche Princip ist Grundlage und Ausgangspunkt der ästhetischen Untersuchungen geblieben.

Wohl liessen sich verschiedene Wege von ihm aus ein-
schlagen. Den einen beschritten die auf Kant folgenden
deutschen Philosophen. Ihnen galt es, die Möglichkeit des
ästhetischen Geniessens, den metaphysischen Sinn des Schönen
im Zusammenhange eines umfassenden Systems zu begreifen,
und der ästhetische Zustand wurde geradezu zum Schlüssel
für die letzten Probleme.

Daneben aber begann sich eine zweite Richtung zu
entwickeln, die zwar nicht sofort im wissenschaftlichen Denken
zur Geltung gelangte, dafür aber mit künstlerischer Intuition
die Grundanschauung der heutigen Ästhetik vorweg nahm.

---

[1]) Lotze, Gesch. d. Ästh. in Deutschl., p. 65.

Hier handelte es sich darum, die eigentümlichen Veränderungen, die mit uns im Momente des ästhetischen Schauens vorgehen, aufzuzeigen und zu erklären; zugleich zu untersuchen, inwiefern damit eine Veränderung im Inhalt der Vorstellung, die wir von den Dingen haben, gegeben sei. Man begann den ästhetischen Genuss als psychologisches Phänomen zu betrachten; freilich ohne darum jener metaphysischen Spekulationen ganz zu vergessen.

Von den Männern, die hier in Frage kommen, sind Schiller und Herder längst in ihrer Bedeutung für die Analyse des künstlerischen Schauens und Schaffens gewürdigt. Speziell Lotze hat ihnen grössere Abschnitte seiner „Geschichte der Ästhetik in Deutschland" gewidmet und die Fruchtbarkeit ihrer Thesen zu erweisen gesucht. In neuester Zeit ist Novalis, dem Dichter der Lehrlinge von Saïs, eine grössere Aufmerksamkeit zugewendet worden. Th. Ziegler[1]) war es, der auf die Übereinstimmung der Grundprincipien desselben mit den unsrigen hinwies. Neben Novalis verdienen A. W. von Schlegel und Jean Paul Friedrich Richter in gleichem Masse unser Interesse. Wir gehen auf ihre Gedanken ein nicht nur um ihrer selbst willen, sondern vor allem, um an ihnen die Gesichtspunkte aufzuzeigen, welche die Wissenschaft in einer Theorie des ästhetischen Eindrucks zu berücksichtigen hat.

Die Anschauung, die sich von ihrem Standpunkte aus entwickelte, bezeichnet den Akt der ästhetischen Betrachtung als eine Einfühlung unser selbst in die Dinge. Am besten verdeutlicht den Sinn dieser Worte folgende Stelle aus Hardenbergs Lehrlingen von Saïs, wo von der Auffassung der Natur im Sinne einer vom Ästhetischen ausgehenden Naturphilosophie die Rede ist.

---

[1]) Zeitschr. f. vergl. Litteratur-Gesch. 1894.

„Es ist umsonst, die Natur lehren und predigen zu
wollen, ein blind Geborener lernt nicht sehen, und wenn
man ihm noch so viel von Farben, Lichtern und fernen
Gestalten erzählen wollte. So wird auch keiner die Natur
begreifen, der kein Naturorgan, kein inneres naturerzeugen-
des und absonderndes Werkzeug hat, der nicht, wie von
selbst, überall die Natur an allem erkennt und unterscheidet
und mit angeborener Zeugungslust, in inniger mannigfaltiger
Verwandtschaft mit allen Körpern, durch das Medium der
Empfindung sich allen Naturwesen vermischt, sich gleichsam
in sie hineinfühlt.“[1])

Diese Anschauung enthält implicite eine Reihe weiterer
Gedanken. Einmal über den Zustand des Ich, während des
ästhetischen Anschauens; jeder Gedanke an ein empirisches
Ich, der Gegensatz zwischen Ich und Nicht-ich entschwindet
dem Bewusstsein. So spricht Hardenberg von der künstlerischen Ergriffenheit, wo der Mensch „bebend in süsser
Angst in den dunkeln lockenden Schoss der Natur versinkt,
die arme Persönlichkeit in den überschlagenden Wogen der
Lust sich verzehrt“.[2])

Zu dieser negativen Bestimmung tritt eine positive:
unser Gefühl wird erregt; die Poesie — man gedenke der
erweiterten Bedeutung dieses Wortes in der Romantik —
wird Novalis zur „Gemütserregungskunst“.[3]) Die Einheitlichkeit dieser Gemütserregung, die Tiefe, in der der ganze
Mensch ergriffen ist, war ihm bekannt; in den Lehrlingen
von Sais heisst es von dem Künstler: „Er hörte, sah, tastete
und dachte zugleich.“[4])

Um sich jenes Untergehen der Persönlichkeit zu deuten,
rekurriert Novalis auf die Metaphysik: „Ich gleich Nicht-ich

---

[1]) Novalis, Ges. Schr., Berlin 1837, Bd. II. p. 99. — [2]) Ibid. Bd. II,
p. 96. — [3]) Ibid. Bd. II, p. 220. — [4]) Ibid. Bd. II, p. 56.

der höchste Satz aller Wissenschaft und Kunst."[1]) Wie er
sich weiter die Poesie als Gemütserregungskunst psychologisch
erklärbar dachte, erhellt der beachtenswerte Ausspruch: „Die
ganze Poesie beruht auf thätiger Ideenassociation."[2]) Man
hat, wie wir später sehen werden, versucht, Einfühlung
und Association als grundverschiedene psychische Phänomene
hinzustellen; um so berücksichtigenswerter ist es, dass gerade
Novalis, der jenen Terminus prägte, an ihrer Vereinbarkeit
nicht zweifelte.

Auch das Objekt wird für uns durch Einfühlung ver-
ändert. Vor allem erscheint es beseelt, vermenschlicht, zugleich als Träger eines charakteristischen Ausdrucks. Auch
dieser Gedanke findet sich schon bei Novalis: „Drückt nicht
die ganze Natur, so gut wie das Gesicht und die Gebärden,
der Puls und die Farben den Zustand eines jeden der
höheren wunderbaren Wesen aus, die wir Menschen nennen."[3])
Jean Paul sagt in der Vorschule der Ästhetik[4]): „Dieselbe
unbekannte Gewalt, welche mit Flammen zwei so spröde
Wesen, wie Leib und Geist, in ein Leben verschmelzte,
wiederholt in und ausser uns dieses Veredeln und Ver-
mischen, indem sie uns nötigt, ohne Schluss und Übergang
aus der schweren Materie das leichte Feuer des Geistes zu
entbinden: aus dem Laut den Gedanken, aus Teilen und
Zügen des Gesichts Kräfte und Bewegungen eines Geistes
und so überall aus äusserer Bewegung innere." Und im
Quintus Fixlein heisst es: Durch Physiognomik und Patho-
gnomik beseelen wir erstlich alle Leiber, — später alle un-
organisierten Körper. Dem Baume, dem Kirchturme, dem
Milchtopfe teilen wir eine ferne Menschenbildung zu und
mit dieser den Geist. Die Schönheit des Gesichts putzt

---

[1]) Ibid. Bd. II, p. 117 — [2]) Ibid. Bd. II, p. 221. — [3]) Ibid. Bd.
II, p. 90. — [4]) Jean Paul, Vorschule d. Ästh., p. 193.

sich nicht mit der Schönheit der Linien an, sondern umgekehrt, ist alle Linien- und Farbenschönheit nur ein über-
tragener Widerschein der menschlichen."

Hier ist auch Schlegel zu erwähnen. Seine Berliner
Vorlesungen basieren auf dem Satze, dass alle Schönheit
eine symbolische Darstellung sei; besonders charakteristisch
ist eine Stelle aus seiner Kritik über Winkelmann: „Die
Natur schafft durchaus sinnbildlich, sie offenbart immer das
Innere durch das Äussere; jedes Ding hat seine Physio-
gnomie, und dieses gilt von den leblosesten Erzeugnissen, den
geometrisch begrenzten Körpern an durch Pflanzen- und
Tierwelt bis zu den beseeltesten Geschöpfen hinauf."[1])

So zeigte sich der Gedanke der Einfühlung von Anfang
an verbunden mit dem Gedanken, dass das Objekt derselben
durch sie zum Symbole werde. Der eigentliche Grundgedanke
gab dadurch zu zwei verschiedenen Fragen Anlass, je nachdem man mehr an das sich einfühlende Subjekt oder an
das von ihm beseelte und zum Symbol gemachte Objekt
dachte. Dachte man an das Subjekt, so wandte sich die
Untersuchung mit Recht auf die Verkettung der psychologischen Vorgänge, welche die ästhetische Anschauung aus-
machen. Die Frage war, durch welche Vorgänge in unserer
Phantasie gelangen wir dazu, uns in das Objekt hinein
zu fühlen, genauer gesagt, es als in einer Situation be-
findlich aufzufassen und zugleich uns so zu fühlen als ob
wir uns in derselben befänden, sie innerlich nachzuerleben.
Die Einfühlung repräsentierte sich von dieser Seite aus gewissermassen als Einsfühlung mit dem Objekte.

Dachte man aber mehr an das in der ästhetischen Anschauung zum Symbol gewordene Objekt, so lag ein anderer
Fortgang der Untersuchung nahe. Man konnte ja auch

---

[1]) A. W. v. Schlegels Ges Werke, Bockingsche Ausgabe, Bd XII, p. 346.

fragen, was ist die symbolische Bedeutung, die jenem Objekte
zu teil wird. Die Antwort lautete dann: ein menschliches
Gefühl, oder vielleicht allgemeiner etwas Geistiges überhaupt. Fragte man nun weiter, woher stammt dasselbe,
und wie kann das Objekt zu solcher Bereicherung kommen,
so stiess man erst jetzt auf die ästhetisch betrachtende
Persönlichkeit: diese nämlich übertrage ihr Gefühl auf die
Objekte. In diesem Zusammenhang wird die Einfühlung
mehr zu einer Einfüllung unserer Gefühle in den Gegenstand.

Vielleicht liess sich von hier aus noch immer der Rück-
weg zur psychologischen Betrachtungsweise finden. Man
konnte wie oben fragen, durch welche psychologischen Vorgänge der ästhetisch Geniessende zu dem zu übertragenden
Gefühle gelange. Man konnte ferner, um über das Meta-
phorische hinauszukommen, das in dem Ausdruck Gefühls-
Übertragung liegt, danach fragen, was denn Gefühls-
Übertragung psychologisch genommen bedeute und welches
die allgemeinen Bedingungen seien, unter denen der so
bezeichnete Vorgang sich einstelle.

Versuchte man aber, wie wir hier voraussetzten, durchweg den Schein der Beseeltheit, den ästhetisch betrachtete
Dinge tragen, statt von innen und vom Subjekt aus, von
aussen und vom Objekt her zu motivieren, so ergaben sich
andere Gedankengänge. Entweder man begnügte sich damit,
jenen Schein der Beseeltheit darauf zurückzuführen, dass
das Objekt in seiner äusseren Erscheinungsweise an Ausdrucksformen der menschlichen Gestalt oder ihrer Teile
erinnere — eine Meinung, der wir häufig begegnen werden —,
oder man betrachtete den erhöhten Zustand ästhetischer
Ergriffenheit selbst gewissermassen als eine von den Objekten
bescherte Gabe: als die dem Künstler allein gewährte
metaphysische Offenbarung ihres wahren tieferen Wesens;
dieses nämlich scheine nicht nur, sondern sei beseelt. Und

für manche schrumpfte schliesslich diese Offenbarung des Weltgeheimnisses zu der Mitteilung einer geheimnisvollen und dem Philosophen allein verständlichen Wahrheit zusammen. Ein Objekt wurde für sie erst dadurch zum ästhetischen Symbole, dass es, wie Streiter[1]) mit Bezug auf die mehr religiöse Symbolik Hegels treffend sagt, die „ahnungsvoll andeutende Verkörperung einer ausserhalb des Kunstwerks zu denkenden metaphysischen Idee" bildet. So bezeichnete z. B. Schlegel als den erforderlichen Gehalt jeder symbolischen Darstellung das Absolute im Schellingschen Sinne.[2]) In mehr poetischer Weise zeigt sich diese Hinneigung zur Metaphysik bei Jean Paul[3]): „Sowie es kein absolutes Zeichen giebt — denn jedes ist auch eine Sache —, so giebt es im Endlichen keine absolute Sache, sondern jede bedeutet und bezeichnet wie im Menschen das göttliche Ebenbild, so in der Natur das menschliche. Der Mensch wohnt hier auf einer Geisterinsel, nichts ist leblos und unbedeutend, Stimmen ohne Gestalten, Gestalten, welche schweigen, gehören vielleicht zusammen, und wir sollen ahnen; denn alles zeigt über die Geisterinsel hinüber in ein fremdes Meer hinaus."

Vorsichtiger ist Novalis: „Es scheint die Zufälligkeit der Natur sich wie von selbst an die Idee menschlicher Persönlichkeit anzuschliessen und letztere am willigsten als menschliches Wesen verständlich zu werden."[4])

Zugleich ist er sich des wichtigsten unter den Einwänden bewusst, der allen jenen metaphysischen Betrachtungen den Boden entzieht, der Vieldeutigkeit der in Frage stehenden Symbolik:

---

[1]) Streiter: Böttichers Tektonik der Hellenen, p. 37. — [2]) Vgl. Schlegel, Vorlesungen über schöne Litteratur u Kunst, p. 54 ff p. 90. — [3]) V. d. Ae. 193. — [4]) Novalis, Bd. II, p. 63.

„Die Natur ist jedem ein anderes; dem Kinde kindlich, dem Gotte göttlich."[1])

Und im Heinrich von Ofterdingen heisst es:

„Wie veränderlich ist die Natur, so unwandelbar auch ihre Oberfläche zu sein scheint, wie anders ist sie, wenn ein Engel, wenn ein kräftiger Geist neben uns ist, als wenn ein Notleidender vor uns klagt, oder ein Bauer uns erzählt, wie ungünstig die Witterung ihm sei, und wie nötig er düstere Regentage für seine Saat brauche."[2])

Und sogar Jean Paul ist sich in anderer Verknüpfung sehr wohl dieses Unterschiedes bewusst:

„Alles lebt den Lebendigen und es giebt im Universum nur Scheinleichen, nicht Scheinleben. Allein das ist eben der prosaische und poetische Unterschied oder die Frage, welche Seele die Natur beseele, ob ein Sklavenkapitän oder ein Homer."[3])

Was diese Stelle noch besonders bedeutsam macht, ist der unverkennbare Hinweis auf den tiefen Zusammenhang, der die ästhetischen mit den ethischen Werten verbindet.

Erster Abschnitt.

Kapitel II.

Übergang vom Symbolbegriff zum Einfühlungsbegriff bei Fr. Vischer und Lotze.

Wir haben gesehen, wie die Auffassung der Objekte als Symbole geistigen Lebens dazu führen konnte, die psychologische Betrachtungsweise der ästhetischen Grundphänomene mit der metaphysischen zu vertauschen. Um-

---

[1]) Ibid. Bd. II, p. 64. — [2]) Ibid. Bd. I, p. 148. — [3]) Jean Paul, Vorschule, p. 32.

gekehrt war es die eingehende Versenkung in die Frage
nach der Symbolik, die die Rückkehr der idealistischen
Ästhetiker zur psychologischen Betrachtungsweise anbahnte;
eine eingehendere Untersuchung jener Symbolik musste notwendig zur Frage nach den subjektiven Bedingungen
führen, unter denen ein Objekt symbolische Bedeutung
gewinnt.

Zuerst waren es Lotze und Friedrich Vischer, die sich
diese Frage vorlegten. In berechtigter Gegnerschaft gegen
den Zimmermannschen Formalismus, der jede Schönheit auf
objektiv fixierbare Vorstellungsverhältnisse zurückführen
wollte, hatten sie nach einer, dem schönen Objekte an-
haftenden Eigentümlichkeit gesucht, die sich, abgesehen
von solchen formalen Verhältnissen, als notwendige Bedingung ästhetischer Wirkung erwiese. Sie fanden dieselbe
in der Thatsache, dass jede Form für den ästhetischen Betrachter zum Ausdruck innerer Belebtheit wird, dass sie
symbolisch wirkt.

Für Vischer war damit eine Änderung des Symbolbegriffes, wie er ihn früher aufgefasst, sowie der An-
wendungssphäre gegeben, die er ihm zugesprochen hatte.
Symbolisch im engeren Sinne d. h. abgesehen von konven-
tionellen Symbolen hatte Vischer in seiner Ästhetik ge-
nannt, was für die Anschauung unmittelbar einen tieferen
Sinn repräsentierte, als ihm seiner sonstigen Natur nach
zukam. Es lag darin, dass der Sinn nicht etwa gedanklich
bewusst sein dürfe. Vielmehr sollte derselbe mit dem ihn
vergegenwärtigenden Bilde ein unentwirrtes Zusammen
darstellen. Dieses Gewirr verdankten wir einem Akte „der
unbewusst verwechselnden Phantasie"[1]), die aber trotzdem
von dem Gefühl der Inkongruenz nicht frei sei. Das Symbol

---

[1]) Fr. Vischer, Ästhetik, § 426.

erschien ihm überhaupt als ein Akt verworrener Erkenntnis, wie die in den Naturreligionen fixierte Anschauung der Welt sie darstelle —, als die „Nothilfe einer
unklaren Ahnung"[1]), eben darum aber nicht als Moment
für das Entstehen der Schönheit

Die Bedeutung dieser richtig charakterisierten Art der
Symbolisierung für das Verständnis der ästhetischen Phänomene war es nun, die Vischer in seiner späteren Entwick-
lung an jener Betrachtung der reinen Formen aufging.
Er entwickelte dieselbe eingehend in seinen kritischen
Gängen. Das Symbol gewinnt dadurch für ihn den Charakter einer „bleibenden, im Wesen der Phantasie allgemein
menschlich begründeten, psychisch notwendigen Form"[2]).

Es gilt ihm also jetzt nicht mehr als eine „Nothilfe"
der Erkenntnis, sondern gewinnt als ermöglichende Bedingung der Kunst einen höheren Wert. Er definiert
Symbolisierung ausführlicher als:

„Das dunkle, aber innige, unwillkürliche und doch nicht
religiös gebundene, sondern ästhetisch freie Leihen, wodurch wir, einer inneren Notwendigkeit der Natur unserer
Seele folgend, abstrakten Erscheinungsformen eine Seelen-
stimmung unterlegen, so dass unser eigenes inneres Leben
uns aus ihnen entgegen zu kommen scheint."[3])

Und an anderer Stelle heisst es:

„Der Zuschauer will und soll in allem Schönen sich
wiederfinden. In die unbelebte Natur fühlt sich der Mensch,
fühlt uns der Künstler und Dichter hinein durch das
mehrerwähnte innige Symbolisieren."[4])

In der Frage nach der Herkunft dieses Aktes ist freilich Vischer noch ganz Metaphysiker. Nur unter Annahme

---

[1]) Ibid. § 482. — [2]) Fr. Vischer, Krit. Gänge V, 141. — [3]) Ibid.
VI, 4. — [4]) Ibid. V, 95 f.

des Pantheismus scheint er ihm möglich, seine Existenz beweise somit für den letzteren:

„Der Mensch ist das gelöste Geheimnis der Welt."[1])

Stellen wir uns nun aber auf den Standpunkt der Psychologie, so sind es zunächst drei Fragen, die sich mit Notwendigkeit an jene Bestimmung des Symbolbegriffes knüpfen:

1. Wie kommen wir zu dem seelischen Gehalt, mit dem wir die Erscheinungsformen beleihen?

2. In welcher Form ist derselbe uns gegeben?

3. Wieso sind die mit ihm beseelten Formen für uns wertvoll, spezieller:

Haftet dieser Wert nunmehr an den Formen oder an jenem seelischen Gehalte und worauf gründet er sich?

Alle diese Fragen finden wir bei Lotze berührt. Und zwar steht bei ihm wie bei allen folgenden das Problem der einfachsten Formen im Brennpunkt des Interesses, seine Lösung bildete und bildet auch jetzt noch den Prüfstein aller ästhetischen Theorien. Es wird im folgenden auch uns durchweg in erster Linie beschäftigen. Jenen seelischen Gehalt nun, den wir den einfachen Formen leihen, gewinnen wir nach Lotze, indem wir uns in sie hinein-versetzen. Das viel citierte „Keine Form ist so spröde, in die unsere Phantasie sich nicht mitlebend zu versetzen wüsste",[2]) charakterisiert diese Auffassung. Psychologisch genommen ist es ihm die allgemeine Erinnerung an unsere menschlichen Formen und Bewegungen, welche die Bedeutung dieser letzteren zur Deutung für jene anderen Formen verwertet. Er betont, wie diese Deutung selbst gegenüber den abstraktesten formalen Gebilden sich mit Notwendigkeit in die Auffassung einmischt. Er setzt

---

[1]) Ibid. V, 96. — [2]) Lotze, Mikrokosmus Bd II, p. 192.

genauer auseinander, wie er diesen Deutungsprozess bedingt
glaubt.[1])

Räumliche Verhältnisse und Formen erinnern uns an
Bewegung und Wirkung von Kräften. Die Linie erscheint
als der Weg einer Bewegung, die geschlossene Form als
die Begrenzung einer gerade so sich behauptenden Kraft.
Dass wir in allem Räumlichen Kräfte zu sehen glauben, ist
die Folge unserer am eigenen Leibe gemachten Erfahrungen,
die uns gelehrt haben, dass zu jedem Sich-Bewegen oder
Verharren ein grösserer oder geringerer Aufwand von
Kraft resp. Willen gehört. Einen solchen Aufwand glauben
wir dann auch allem sonstigen Räumlichen je nach seiner
Beschaffenheit zutrauen zu müssen. „Wir sehen Bewegungen
nicht nur entstehen, sondern bringen auch selbstthätig
solche hervor." Hierbei folgt die Reihe der begleitenden
Lageempfindungen so leicht beweglich jeder kleinsten Zu-
nahme der in der Bewegung liegenden Spannung oder Er-
schlaffung, „dass wir in diesem Spiegelbilde seiner hervor-
gebrachten Erfolge unmittelbar den Willen in seiner Arbeit
zu fühlen und in alle Wandlungen seines Anschwellens und
seiner Mässigung zu begleiten glauben. Erst so lernen wir
Bewegungen verstehen und schätzen, was es mit ihnen auf
sich hat."[2]) So lernen wir ferner jede beliebige Form „als
eine Art der Organisation oder als einen Schauplatz aufzufassen, worin mit namenlosen Kräften sich hin und her
zu bewegen, uns als ein nachfühlbares charakteristisches
Glück erscheint."[3])

Oder um noch ein anderes Wort Lotzes zu citieren:

„Wer sich nicht selbst bewegen könnte, dem würde
alle Bewegung ästhetisch indifferent sein. Denn er würde
nie dahinter kommen, wie eigentümlich wohl oder wehe

---

[1]) Lotze, Gesch. der Ästh., p. 75 ff. — [2]) Ibid. p. 79. — [3]) Ibid. p. 80.

dem Bewegten zu Mute ist. Was hier von den Raumformen erwähnt wurde, gilt ebenso von rhythmischen Zeitformen, überhaupt von jeder Kombinationsweise irgend eines Mannigfaltigen."[1])   Wir dürfen hinzufügen, es gilt verallgemeinert von allem, was überhaupt ästhetische Bedeutung gewinnen kann. Stets muss die Situation und Verhaltungsweise des Betrachteten Eigentümlichkeiten aufweisen, deren Sinn uns an früherem eigenen Erleben zum Bewusstsein gekommen ist.   Denn hierin liegt die Bedingung dafür, dass wir uns mit einem Objekte, wie wir oben sagten, eins fühlen, uns an seine Stelle setzen können. Wir werden diese Theorie im folgenden als „Theorie des inneren Nacherlebens", oder wo es sich um geometrische Formen handelt, als „Kräftetheorie" bezeichnen.

Es ist bemerkenswert, dass Lotze mit dem Vorigen über eine andere, ebenfalls von ihm vertretene Theorie hinausgeht, wonach der Eindruck des Unbelebten bestimmt wird durch die Erinnerung an Ausdrucksformen, die wir an anderen menschlichen Persönlichkeiten gewahrt haben.   Wir werden diese Meinung im folgenden kurz als „Erinnerungshypothese" bezeichnen.   Sie findet sich zum Beispiel im Mikrokosmos:

„Wer einmal eine teure Gestalt unter dem Gewicht des Grams in wehmütiger Ermattung sich beugen und sinken sah, dem wird der Umriss solchen Neigens und Beugens, dem inneren Auge vorschwebend, die Ausdeutung unendlicher räumlicher Gestalten vorausbestimmen, und er wird sich fruchtlos besinnen, wie so einfache Züge der Zeichnung so innerliche Gefühle in ihm anregen konnten.[2])

Aber bei dieser Auffassung wäre die Eigenart des Eindrucks doch auf eine allzu äusserliche Ähnlichkeit des

---

[1]) Grundzüge d. Ästhetik, D. a d. Vorlesungen, S. 13. — [2]) Lotze, Mikrokosmus, Bd. II, 179.

Betrachteten mit menschlichem Äussern zurückgeführt. Vor allem aber würden wir nur dann räumliche Erscheinungen in diesem Sinne „ausdeuten" können, wenn uns gewissermassen ein glücklicher Zufall früher einmal die ihnen entsprechenden menschlichen Ausdrucksformen an fremden Personen beobachten liess und zum Verständnis brachte. Hierin liegt eine entscheidende Verurteilung dieser Theorie Lotze hat selbst mit Bezug hierauf betont[1]), dass man auf derartige zufällige Erlebnisse zur Erklärung des ästhetischen Eindruckes nicht zurückgreifen dürfe. Es könne sich hier vielmehr nur um solche Nebenvorstellungen handeln, welche „die Form oder der Inhalt des Gegenstandes in jedem Gemüt anzuregen durch sich selbst geeignet ist."[2])

Was ist aber hiermit, genau genommen, angeregt? Oder, wie diese Frage bereits formuliert wurde, in welcher Form ist das so Angeregte uns gegeben?

Diese Frage ist für die psychologische Ästhetik von grundlegender Bedeutung. Ist es nur die rein als Thatsache der Vorstellung genommene Erinnerung an ein früher erlebtes Gefühl, die in die Anschauung bestimmend eingeht, oder werden wir selbst wirklich gefühlsmässig erregt? Denken wir angesichts der Säule nur an die Gefühle, die sich für uns mit einem so elastischen und leichten Tragen von wuchtenden Massen verbinden würden, wie wir an der Säule es sehen? Erleben wir nicht vielmehr, sofern wir ästhetisch erregt werden, unmittelbar dergleichen Gefühle?

Lotze hat sich diese Alternative nicht gestellt: Formen wirken schön durch die Erinnerung an das Glück, welches wir als in ihnen geniessbar kennen[3]), oder sie wirken als „allgemeine Symbole eines eigentümlichen Genusses."[4])

---

[1]) Lotze, Gesch d. Ästh., p. 74. — [2]) Ibid. — [3]) Ibid. p. 101. — [4]) Ibid. p. 81.

Fast scheint hierin der erste Teil der Alternative be-
vorzugt. Andererseits spricht er dann doch wieder von
einem „Mitgefühl mit einem nacherlebbaren Glücke[1])“,
oder nennt die Poesie eine „Offenbarung des Wertes der
Dinge und des Glückes, das sie in sich selbst empfinden
oder empfindenden Wesen verschaffen“[2]) Neigte auch er
hiermit zu jener ins Metaphysische spielenden Ansicht, nach
der die Dinge, als im Grunde eindeutige Symbole, eine objektiv aufzeigbare geistige Wesenheit besässen, so fiele doch
für jene seine Auffassung ins Gewicht, dass das Gefühlsmässige der ästhetischen Erregung in ihr zu seinem Rechte
käme.

Bestimmter steht Lotze zu der dritten Frage, abgesehen allerdings von den Unklarheiten, die aus dem
Schwanken in der vorigen für diese entspringen. Zunächst
stand ihm Folgendes fest: erwiesen sich die Objekte
ästhetischer Anschauung als Symbole eines nacherlebbaren
Glückes, so hing ihr ästhetischer Wert für jeden Einzelnen
davon ab, was gerade er mit Lust nachzuerleben seiner
Natur nach befähigt war. Gleichzeitig aber erkannte
Lotze, dass hiermit das Schöne in letzter Instanz leicht vor
den Richterstuhl des persönlichen Geschmackes geraten
konnte, dass jenes „Element der Verehrung,“ welches „nach
deutschem Sprachgebrauch in den Namen der Schönheit
durchaus mit eingeschlossen ist“[3]), dabei übersehen, und
hiermit die Möglichkeit einer wissenschaftlichen Ästhetik
überhaupt geleugnet gewesen wäre. Für die Berechtigung
der ästhetischen Billigung musste es also ein Kriterium
geben. Lotze fand dasselbe in dem ethischen Werte des
inneren Erlebnisses, zu dem die Dinge uns anregen, oder
um bei der Lotzeschen Terminologie zu bleiben, als dessen

---

[1]) Ibid. p. 86. — [2]) Ibid. p. 592. — [3]) Ibid. p. 86.

Symbol dieselben sich darstellen. Es versteht sich, dass
„ethisch" hier im weitesten Sinne zu fassen ist. Doch
findet sich hierüber bei Lotze nichts Genaueres angegeben.

Kapitel III.

Die psychologische Tendenz bei Robert Vischer.

Was Lotzes Ausführungen historisch so wichtig machte,
war der Versuch, den ästhetischen Eindruck wirklich psychologisch zu analysieren und nicht nur, wie es noch
Vischer gethan, sich bei der Berufung auf seine psychologische Notwendigkeit zu beruhigen. Die gleiche Tendenz
hatte bereits Fechner gehabt, als er sein ästhetisches
Associationsprincip proklamierte. Leider war der Begriff
der Association zu vieldeutig, als dass nicht Missverständ-
nisse eine Einigung in diesem Punkte hätten verhindern
müssen. Metaphysische Nebenrücksichten traten dazu. Die
Folge davon war ein bis heute noch nicht geschlichteter
Gegensatz, der sich zwischen den aus der Metaphysik
zurückkehrenden und den vom Standpunkte der Psychologie an die gleichen Fragen herantretenden Ästhetikern
aufthat. Da nun die ersteren doch der Psychologie nicht
entraten konnten, so entwickelte sich gewissermassen eine
Psychologie in usum delphini, der wir am besten in der an
Anregungen reichen Schrift Robert Vischers über das optische Formgefühl nachgehen können.

Der psychologische Akt, welcher zu der gegenüber
dem Formalismus postulierten Symbolisierung der Dinge
führen soll, ist nach Vischer die Einfühlung. Vischer
fasst dieselbe als inneres Nacherleben und stellt dieses hin
als notwendiges Ergebnis eines jeden sich ungestört vertiefenden Sinneseindruckes, als „geistige Sublimation der

sinnlichen Erregung."[1]) Seine Schrift liefert eine eingehende Erläuterung ihrer Stationen und der Art des
Überganges von der einen zur andern.

Die primitivste Form jedes optischen Eindrucks ist
nach Vischer zunächst nur „ein träumerischer Schein von
Ensemble." „Die Sonderung seiner kumulativen Einheit
ergiebt sich im Schauen."[2]) Wie sie sich vollziehe, erläutert Vischer im Anschluss an die bekannte Lotze-
Wundtsche-Theorie, wonach die Lokalisation der optischen
Eindrücke im Sehfeld bestimmt wird durch die zur Fixation
jedes einzelnen derselben erforderlichen Augenbewegungen.
Den an dem Eindruck haftenden Gefühlston bezeichnet
Vischer als Zuempfindung, wenn er von dem optischen, als
Nachempfindung, wenn er von den motorischen Nerven,
die bei dem Vorgange erregt werden, bestimmt ist. Man
kann die Zuempfindung zugeben, die Nachempfindung in
diesem Sinne aber wird dadurch problematisch, dass jene
Augenbewegungen gar nicht, wie hier vorausgesetzt wird,
bei der Auffassung räumlicher Objekte stattzufinden
brauchen. Und principiell spricht gegen jene Theorie der
Umstand, dass es jeder psychologischen Analogie entbehrte
und somit nur als Wunder begriffen werden könnte, wenn
wie sie verlangt, „Augenbewegungen, die doch an sich
für das Bewusstsein mit gesehenen Grössen ganz und gar
nichts zu thun haben, das Bewusstsein solcher Grössen entstehen liessen."[3]) Indessen auch abgesehen von dieser all-
gemeineren Frage, niemals würde die mit Augenbewegungen
verbundene Lust oder Unlust den Eindruck des Gesehenen

---

[1]) Rob. Vischer, Über d. optische Formgefühl 1873. Einl. p. VII.
— [2]) Ibid. p. 2. — [3]) Th. Lipps, Die Raumanschauung u. die Augenbewegungen. Aufs. in d. Zeitschrift für Psychologie und Physiologie
der Sinnesorgane Bd. VIII, p. 125. Vgl. auch derselbe, Psychologische
Studien I, 1.

von sich aus bestimmen. Ein schöner Mensch erscheint
mir nicht plötzlich hässlich, wenn ich ihn mit gewaltsam
seitwärts gedrehten Augen betrachte, wo doch gewiss jede
weitere Bewegung des Auges, mit der ich den Konturen
seiner Gestalt zu folgen versuchte, von beträchtlicher Unlust begleitet wäre! Die bei der Betrachtung eines Objektes
vollzogenen Augenbewegungen blieben also für seine ästhetische Wirkung ohne Belang.

Wie vertieft sich nun aber die primitive Erregung?
Zunächst lässt Vischer den inneren Zusammenhang, in dem
jeder einzelne Sinneseindruck mit den anderen Sinnessphären und weiter mit dem Allgemeinbefinden steht, ins
Spiel treten: „Der ganze Leibmensch wird ergriffen.“[1])
„Alterskrumme Mauern können die Grundempfindung
unserer leiblichen Statik beleidigen.“[2]) Friedrich Vischer
führt hierzu später das Beispiel des Kindes an, das vor
einem ohne sein Wissen bewegten Spiegel das Gleich-
gewicht verliert. Auch die Wirkung des Rythmus soll bereits in diesem Zusammenhange erklärt sein. „Er ist nichts
anderes als die wohlige Gesamtempfindung einer harmo-
nischen Reihe von gut gelungenen Selbstmotionen.“[3]) Man
kann die Behauptung der allgemeinen körperlichen Reaktion
zugeben. Die Beispiele indes sind allein durch sie nicht
zu erklären. Unser Befinden gegenüber den alterskrummen
Mauern, der Fall des Kindes wären nicht möglich, ohne
eine ausreichende Erfahrung über die Wirkung der Schwerkraft und über die Bewegungen, mit denen wir uns ihrer
Gefährlichkeit entziehen. Ebenso wenig ist der Rythmus
durch jene allgemeine körperliche Reaktion bereits erklärt.
Wie kommt denn jene Reihe von Selbstmotionen dazu, als
etwas Ganzes und mit einer wohligen Gesamtempfindung

---

[1]) R. Vischer, Über das opt. Formgefühl p. 11. — [2]) Ibid. p. 10.
— [3]) Ibid. p. 8.

aufgenommen zu werden? Offenbar fehlt hier ein wichtiger Faktor in der Begründung jener Reaktionen.

Dies ist aber erst die subjektive Seite der Sache. Fragen wir weiter nach den objektiven Bedingungen, unter denen der Gegenstand uns angenehm erscheint, so erfahren wir, dass hier vor allem seine Ähnlichkeit zunächst mit dem Bau des Auges, weiterhin aber mit dem Bau des ganzen Körpers massgebend sei. Aus der Regelmässigkeit und Symmetrie unseres Körpers soll unmittelbar die Freude an Regelmässigkeit und Symmetrie überhaupt verständlich werden.

Die Unhaltbarkeit dieser Annahme Vischers findet sich bereits bei Volkelt aufgezeigt. „Die Schönheit einer wellenförmigen Hügelreihe beruht nicht auf der Thatsache, dass auch unser Körper ähnliche Erhebungen und Vertiefungen aufweist, vielmehr darauf, dass ich vermittelst der Phantasie das wellenförmige Auf und Nieder mit dem ganzen Körper mitmache und die wohlige Empfindung dieses sanften Auf- und Nieder-Schwebens geniesse.“[1]) So bleibt auch hier das innere Nacherleben die Hauptsache.

Indes nur die Anwendungen waren antastbar, die Behauptung behält ihren Wert: der ganze Leibmensch wird ergriffen. Anders ausgedrückt: es bestehen — aus welchen Gründen ist hier noch nicht die Frage — Beziehungen zwischen optischen Bildern, anderen Sinnessphären und schliesslich unserer „allgemeinen Vitalempfindung.“[2])

Von den Elementen unseres Selbst, die hier in Frage kommen, sind für Vischer die wichtigsten die Bewegungs- (und Lage-)Empfindungen. Zu der Art, wie sie zur Geltung gelangen, wendet sich seine weitere Untersuchung. Sie führen nur in seltenen Fällen zur wirklichen Bewegung. Meist hat es sein Bewenden bei der betreffenden

---

[1]) Volkelt, Der Symbolbegriff in d. neuesten Ästhetik 1876. p. 61. — [2]) R. Vischer, Über das opt. Formgefühl p. 11.

Bewegungsvorstellung. Vorstellung aber ist Vischer „ein
geistiger Akt, durch den wir ein Etwas, das vorher dunkler
Inhalt unserer Empfindung war, uns in unserem Innern
gegenüberstellen und markieren und zwar in anschaulich
sinnlicher Form."[1]) Wir können auf das erkenntnis-
theoretische Problem, das hiermit berührt wird, nicht eingehen. Nur das sei betont, dass die Theorie jenes Gegen-
überstellens die Ich-Vorstellung als Begleiterscheinung jeder
möglichen Vorstellung überhaupt ansehen müsste. Diese
Theorie stösst nun aber auf eine eigentümliche Schwierigkeit, wenn sie den Zustand der ästhetischen Betrachtung
erklären will. Denn in diesem Zustand ist der oben be-
hauptete Gegensatz zwischen Subjekt und Objekt ver-
schwunden. Folgerichtig erhebt sich danach für den Anhänger jener Theorie die Frage: wo steckt während des
Zustandes der ästhetischen Betrachtung mein Ich? Sehen
wir zu, wie sich Vischer mit dieser für ihn unumgänglichen
Frage abfindet. „Es giebt Vorstellungen einer anderen
und Vorstellungen meiner eigenen (Leib-)Form (Selbst-
Vorstellung)"[2] ... „Bewusst wird erst die Selbstvorstellung,
wenn sie ... sich zu einem Objekte oder zu einer Objektsvorstellung in Beziehung setzt."[3])

Vischer erläutert diesen Satz an Erscheinungen des
Traumlebens. Bei der Traumbildung nämlich werden oft
„die von einer Erregung betroffenen Glieder (resp. Nerven,
Muskeln) nach Analogie ihrer Gestaltung nachgeahmt mit
Hilfe eines nur annähernd ähnlichen Objektes."[4]) So wählt
sich der Traum etwa „das Dachgebälke des Hauses, um das
Faserwerk der erregten Netzhaut darzustellen."[5]) Auf
diese Weise kommt die Erregung dann selbst zum Bewusstsein. Analog verhalte es sich bei der ästhetischen Er-

---

[1]) Ibid. p. 12. — [2]) Ibid. p. 12. — [3]) Ibid. p. 13. — [4]) Ibid. p. 13.
— [5]) Ibid. p. 18.

regung. Nur ist hier die Reihenfolge des Gegebenen umgekehrt: im Traum war die Empfindung das Frühere, die
Objektsvorstellung tritt hinzu, im ästhetischen Verhalten
ist diese das Frühere, die entsprechende Empfindung, die
„Selbstvorstellung" tritt hinzu und wird uns dann wie im
Traume doch wieder erst durch die Objektsvorstellung bewusst.

In solcher Weise führt das Dasein eines ästhetisch betrachteten Objektes in meinem Bewusstsein zu dem Dasein
von Bewegungs- resp. Lageempfindungen und damit zu dem
Dasein von entsprechenden Selbstvorstellungen. „So wird
die Art, wie die Erscheinung sich aufbaut, zu einer Analogie meines eigenen Aufbaus", „ich hülle mich in die
Grenzen derselben wie in ein Kleid" — oder ich bewege
mich, „von einer motorischen Vorstellung geleitet, an der
Erstreckung einer Hügelkette hin." „Wir bewegen uns in
und an den Formen."[1]) Ist der ästhetische Eindruck bis
zu dieser Tiefe gelangt, so repräsentiert er die Vischersche
Einempfindung, deren Verwandtschaft mit dem Lotzeschen
Gedankenkreise nach dem Vorangegangenen unverkenn-
bar ist.

Die Frage ist nun, wie kann sich die Einempfindung
zum Gefühle vertiefen? Nach Vischer kann ein Gefühl in
dem tieferen Sinne einer wirklichen Gemütserregung nur
einem Menschlichen gegenüber zustandekommen. Wie
kommt aber das Menschliche in das Objekt? Antwort:
durch die Selbstvorstellung. Sie verleiht dem Objekte, indem sie in dasselbe hinüberwandert, den Schein der Beseeltheit. Und nachdem es diesen gewonnen hat, kann es
für uns zum Erreger sympathetischer Gefühle werden.
Sind diese entstanden, so ist die Einfühlung vollzogen.

---

[1]) Ibid. p. 15.

Bedeutsam und wichtig an diesen Ausführungen
Vischers ist der Hinweis auf die Thatsache, dass wir uns
ästhetisch nur da verhalten, wo wir das Betrachtete wie
etwas menschlich Beseeltes ansehen. Insofern es dies bedeuten soll, hat das Wort Einfühlung seinen guten Sinn.
Hingegen ist mit diesem Worte missverständlich und wenig
glücklich gesagt, wie das ästhetisch Betrachtete für unsre
Vorstellung zu seinem menschlichen Gehalte kommt. Wir
müssen hierauf eingehen, weil man gerade in dem Worte
„Einfühlung" ein nicht weiter zurückführbares Erklärungs-
prinzip für die ästhetische Betrachtung gefunden zu haben
glaubte.

Zunächst ist allgemein zu bemerken, dass es wissen-
schaftlich nicht angeht, ohne Vorbehalt und ohne Betonung
der Bildlichkeit des gewählten Ausdrucks das „Ich" oder
„Gefühle" oder die „Selbstvorstellung" als etwas räumlich
Übertragbares zu behandeln, wie es durch den Terminus
„Ein"-fühlung in der That geschieht.

Ein andres tiefer greifendes Bedenken betrifft die
Thatsache, dass mein Ich resp. Selbst, während es in das
ästhetische betrachtete Objekt hineingefühlt wird, sich
unter der Hand ändert, dass es eben erst in dem Ein-
fühlungsakte selber zu demjenigen Ich wird, welches sich
als das schliesslich hineingefühlte bezeichnen lässt. Es ist
höchst missverständlich zu sagen, wir supponieren dem Betrachteten „unsere" Persönlichkeit.[1] Freilich supponieren
wir dem Betrachteten etwas unserer Persönlichkeit Gleich-
artiges. Niemals aber „unsere" Persönlichkeit im strengen
Sinn. Vielmehr entschwand uns gerade dieselbe in der ästhetischen Betrachtung. Vischer selbst spricht von einer „Ver-
flüchtigung des Selbstgefühls"![2]

---

[1] R. Vischer, ibid. p. 20. — [2] Ibid. p. 29.

So zeigt sich der Terminus Einfühlung, wenn wir nach wissenschaftlicher Schärfe suchen, wenig glücklich gewählt. Vielmehr zeigt er ganz das schillernde und paradoxe Gepräge der Schlagwörter und alles spricht dafür, dass wir uns als Psychologen nicht bei demselben beruhigen dürfen.

Auch den Versuch Vischers, die Einfühlung als etwas metaphysisch Gefordertes hinzustellen, kann uns an dieser Ansicht nicht irre machen. Nichts anderes nämlich soll hier zu Grunde liegen als der pantheistische Drang zur Vereinigung mit der Welt.[1]) Indes an Erklärung ist hiermit nichts gewonnen. Der ästhetische Pantheismus, auf den R. Vischer sich beruft, ist ja selbst nur das Ergebnis eines Einfühlungs-Aktes, d. h. eben unserer Einfühlung in die Welt als Ganzes. Unsere Frage wäre wiederum die, wie ist diese Einfühlung in die Welt als Ganzes, und allgemein, wie ist Einfühlung überhaupt psychologisch zu erklären.

Und weiter sehen wir nicht, wie der Drang zur Vereinigung mit der Welt als Ganzem — seine Befriedigung finden könnte durch unsere ästhetische „Vereinigung" mit einer einzelnen Erscheinung in der Welt. Denn durch eine solche würde ja jene Vereinigung mit der Welt als Ganzem, worauf es dem Pantheisten einzig ankommen könnte, gerade nicht erreicht sein!

Hinsichtlich der ersten unserer anfänglich aufgestellten drei Fragen — wie kommen wir zu dem seelischen Gehalte, mit dem wir die Erscheinungsformen beleihen — haben wir also bei Robert Vischer keine völlig befriedigende Auskunft gefunden.

Dagegen dürfen wir uns ihm hinsichtlich der zweiten anschliessen.

---

[1]) Ibid. p. 28. —

War Lotze nicht darüber hinausgekommen, das ästhetische Objekt als Symbol eines eigentümlichen Genusses zu bezeichnen, ohne endgültigen Bescheid darüber zu geben, ob dieser Genuss denn nun zu unserem eigenen werde oder nicht, so finden wir bei Vischer diese Frage deutlich bejaht:

„Ich fühle, um zu fühlen."[1])

Auch die dritte Frage, für die wir schon bei Lotze eine Auskunft suchten und fanden, hat Vischer berührt. Auch ihm liegt der Wert der ästhetischen Erregung im Bereiche der Ethik; aber es wird bei ihm nicht klar, wie dieser Wert uns zum Bewusstsein kommt.

Sein pantheistischer Standpunkt verleitete ihn dazu, durchweg mehr die Erkenntnis eines eigentümlichen Lebens in den Dingen zu betonen, als die Thatsache, dass es unsere eigenen Lebenszustände sind, die sich uns als ästhetische und zwar gleichzeitig als mehr oder minder wertvolle Erregungen darstellen. So lässt er denn unser Bewusstsein von jenem Werte dadurch entstehen, dass wir an „Jedes und Alles den Kanon der Liebe und friedlichen Ordnung tückischer Wut und gehässiger Zerstörung halten."[2]) Jene Wertung erscheint bei ihm somit fast im Lichte einer Reflexion.

Haben wir uns aber einmal dazu entschlossen, die bei der ästhetischen Betrachtung auftretenden Erregungszustände, die wir allerdings, wo es sich um künstlerische Beschreibung und Mitteilung handelt, den Objekten zusprechen, doch eben nur als unsere eigenen anzusehen, so müssen wir auch die Gründe der ästhetischen Billigung in jenen unseren eigenen Erregungszuständen selbst suchen. Nun kann ich mich überhaupt in keinem Zustande befinden,

---

[1]) Ibid. p. 33. — [2]) Ibid. p. 32.

ohne dass der ethische Wert desselben unter den für ihn
Lust oder Unlust bestimmenden Faktoren enthalten wäre.
Ich erlebe sozusagen alles, was ich erlebe, mit mehr oder
weniger gutem Gewissen. Jedes Gefühl erhöhter Kraft,
leichter, gelingender Bethätigung, überhaupt jedes Gefühl,
das in seinem Zusammenhange an mir Fähigkeiten voraus-
setzt, die mich selbst in irgend einer Weise wertvoll machen,
kurz jedes Selbstwertgefühl ist eo ipso ein gehobenes; auch
dann, wenn das bewusste gedankliche Urteil hierüber
meinem Zustande völlig fehlt. Das Eintreten solcher
Selbstwertgefühle ist nun das Charakteristische des ästhetischen Genusses und die Vorbedingung der ästhetischen
Billigung.

Man könnte hier fragen, wie es dann möglich sei, dass
wir die Figuren eines Richard III. einer Lady Macbeth
ästhetisch geniessen; aber der hierin liegende Einwand lässt
sich heben.

Zwei Fälle müssen wir unterscheiden: sie entsprechen
dem ethischen Unterschiede zwischen objektiver und sub-
jektiver Sympathie. Entweder diese Figuren bleiben uns
wirklich abstossend; dann fühlen wir überhaupt nicht mit
ihnen, sondern mit denen, die unter ihnen zu leiden haben:
der Fall bei Lady Macbeth. Vor ihr ergreift uns der
Schauder, der Macbeth ergreifen muss, wenn er sich der
dämonischen Macht bewusst wird, die aus diesem Weibe
heraus seinen Weg bestimmt.

Oder — und das ist der Fall bei Richard III. — wir
werden zu Mitgeniessern ihrer Gefühle. Aber wie ist das
möglich? Es lässt sich begreifen, wenn man bedenkt, dass
schlechte Gesinnungen und Thaten schlecht sind nur insofern, als sie Rücksichten nicht nehmen, welche wir im praktischen Leben verlangen müssen. Tadelnswert ist niemals
so sehr das Dasein dieser oder jener Gesinnung, als das

Fehlen der korrigierenden Rücksicht, das Negative an der handelnden Persönlichkeit.

Jede Gesinnung und Handlung aber, sofern sich in ihr wie bei Richard III. Intensität des Gemüts, Stärke und Leidenschaftlichkeit der Thatkraft ausdrückt, ist an sich als positive Kundgebung menschlicher Eigenart wertvoll. Insofern sie es ist, kann sie dem nacherlebenden ästhetischen Geniesser ethischen Stolz als höchsten Lustquell erschliessen.

Kein Genuss höherer Art ist denkbar ohne gleichzeitig gehobenes Selbstgefühl. Alle künstlerischen und speciell die tragischen Genüsse aber gehören gewissermassen zu den Maximalständen und Festen des Selbstgefühls. Umgekehrt, je reicher und reiner ein Mensch in seinem Selbstgefühl ist, um so leichter und intensiver wird er ästhetisch reagieren.

Hiermit scheiden wir auch von der dritten Frage, um unser ganzes Interesse wieder der ersten zuzuwenden, die es mit der Herkunft des symbolisch angeknüpften Inhaltes zu thun hatte.

Kapitel IV.

Die Gestaltung des Gewonnenen bei Groos, Siebeck, Fr. Vischer, Biese.

Wir haben dargethan, dass und inwiefern Robert Vischer jene erste Frage nicht ausreichend beantwortet hatte. Stellen wir uns nun aber auf den Standpunkt des Historikers, so müssen wir ihm doch eine positive Leistung zugestehen und seine nachhaltige Wirkung auf die Späteren anerkennen. Nur wurde leider durch diese Wirkung nicht das wirklich Wertvolle seiner Arbeit erhalten; vielmehr ein von Hause aus falscher Satz, der dank der energischen Vertretung, die er fand, bis heute unwiderlegt geblieben ist.

R. Vischer hatte, wie wir gesehen haben, in seinen
Ausführungen Verzicht geleistet auf den von Lotze und
Fechner herangezogenen Begriff der Association. Indes in
irgend einer Weise musste er ihm gegenüber Stellung
nehmen. In der That grenzte er die Einfühlung von der
Association ab. Auch diese, „die rein nach dem Gesichtspunkte eines Realzusammenhanges — die Ähnlichkeits-
Association wird ignoriert — andere, nicht gegenwärtige
Bildvorstellungen, Gedanken und Lebensgefühle anknüpfe,“[1])
wirke in jedem ästhetischen Genusse notwendig mit. Aber,
so dürfen wir seinen Gedankengang ergänzen, da sie auch
anderwärts mitwirkt, macht nicht sie den Vorgang zu einem
ästhetischen; das thut erst die Einfühlung.

Vischer hat es vermieden, sich hier auf eine Polemik
einzulassen. Diese wurde gewissermassen unvermeidlich
erst dann, als durch das Erscheinen zweier grösserer, von
associationspsychologischer Tendenz getragener Schriften
der Gegensatz sich verschärft hatte. Es ist das erstens die
Schrift Siebecks über das Wesen der ästhetischen Anschauung (Berlin 1875) und zweitens die Fechnersche Vorschule der Ästhetik, welche neben vielem Neuen die alten
Gedanken des Vortrages vom Jahre 1864 in vertiefter und
breiterer Fassung darbot. Ehe wir auf diese Polemik eingehen, müssen wir gerechter Weise jene positive Leistung,
von der wir sprachen, aufzeigen und ihre Schicksale bei
den Späteren beleuchten.

Wir haben bereits in der Einleitung darauf hingewiesen,
dass man bei dem Worte Einfühlung an begrifflich trenn-
bare, wenn auch demselben grossen Zusammenhang an-
gehörende, psychologische Momente denken konnte. Es war
das erstens der Akt der Phantasie, mittelst dessen wir uns

---

[1]) R. Vischer, Über das opt. Formgefühl p. 27.

in die äussere Situation der Objekte unserer ästhetischen
Betrachtung hineinversetzen, und durch den wir überhaupt
erst zu ästhetischen Gefühlen gelangen. Es war das zweitens
die Übertragung des so gewonnenen Gefühls auf die Objekte,
wodurch dieselben den Charakter der Persönlichkeit zu gewinnen schienen.

Noch Lotze hatte, wie gewiesen wurde, diesen Unterschied nicht genügend beachtet; das Resultat davon war
gewesen, dass er an verschiedenen Orten zwei verschiedene
Erklärungen der Einfühlung vertrat. Die Einfühlung als
inneres Nacherleben führte er bei den einfachen Formen
richtig auf die Vorstellung von Kräften resp. des in ihrem
Widerstreite sich manifestierenden Wollens zurück. Auf
die Übertragung unserer Gefühle und die aus ihr resultierende scheinbare Beseeltheit der ästhetisch betrachteten
Dinge zielte der Satz von ihrer äusseren Ähnlichkeit mit
mimischem menschlichen Ausdruck. Schon bei Lotze selbst
fanden wir den systematischen Einwand gegen diesen Gedanken: die Minderwertigkeit der rein individuellen Associationen. Auch den sachlichen Volkelts erwähnten wir
schon; wir wiederholen denselben hier in etwas anderer
Beleuchtung.

Es ist klar, dass die Form einer Vase ästhetisch berechtigter Weise als Äusserung anmutig spielender Kräfte
gefasst werden und dabei doch sehr wohl der „Erinnerungshypothese" gemäss in ihren Linien an bestimmte einzelne
Haltungen des menschlichen Körpers gemahnen könnte, die
höchst verzweifelte Kraftäusserungen darstellen. Wir
brauchten nur an die Rückenlinien von Athleten zu denken,
die starke Lasten mit ihren Armen bezwingen. Jene
beiden verschiedenen Begründungen gehen also nicht zusammen, und man ersieht aus Gesagtem leicht, dass die
zweite gesucht und falsch ist: die Vase ist anmutig trotz

ihrer Ähnlichkeit mit der Linie des Athletenkörpers. Wo
sich eine derartige äussere Ähnlichkeit wirklich findet, da
ist sie nur ein ästhetisch unwesentlicher und zufälliger
Nebenerfolg der analogen Verhaltungsweise im Sinne der
Kräftetheorie.

Robert Vischers Verdienst nun ist es, jene beiden begrifflich auseinanderzuhaltenden Seiten des Einfühlungs-
aktes, die Einsfühlung oder Identifizierung mit dem Objekte, und die Einfühlung unserer aus ihr resultierenden
Gefühle in die Objekte, die Anthropomorphisation im
engeren Sinne, wissentlich getrennt zu haben. Zwar fand
sich auch bei ihm ein Nachklang jener Lotzeschen Erinnerungshypothese; aber dieselbe beanspruchte in seinen
Entwickelungen keinen systematischen Wert. Und war
auch der Versuch, jene Einsfühlung von der physiologischen
Erregung aus zu motivieren, und die Gefühlsübertragung
auf die Übertragung der „Selbstvorstellung" zurückzuführen
als misslungen zu bezeichnen, so lag doch darin, dass er
die Einempfindung von der Vermenschlichung des Objektes
begrifflich trennte, ein bedeutender Fortschritt.

Leider wurde derselbe alsbald wieder aufgegeben. Auf
der einen Seite wurde das in der Theorie des inneren
Nacherlebens unbestimmt enthaltene Moment der Wieder-
holung eines objektiv Vorhandenen im Subjekte für die
Theorie verhängnisvoll; schon R. Vischer hatte gelegentlich,
wie gewiesen wurde, von „innerer Nachahmung" gesprochen,
Groos machte mit diesem Gedanken in dogmatischer Weise
Ernst. Auf der andern Seite, wie in Fr. Vischers später
erschienener Schrift das Symbol und bei Siebeck finden
wir wieder die Behauptung von der Wirksamkeit auf-
tauchender Erinnerungen an äusserlich ähnliche menschliche Ausdrucksformen im Mittelpunkt.

Bei Groos ist die innere Nachahmung zunächst der

Vorgang, durch den wir überhaupt zur Kenntnis der
Aussenwelt kommen. Die Empfindung giebt uns nur ein
beziehungsloses Mannigfaltiges, ein blindes Gewirr von Ein-
drücken.[1]) In der inneren Nachahmung bilden wir das
hier gegebene mit besonderer Rücksicht auf die wichtigeren
Bestandteile ab, denn alles nachzubilden hindert uns die
Begrenztheit der seelischen Kraft, und lösen auf diese
Weise von dem Gegebenen ein Bild ab, das dank der hier-
bei in Thätigkeit tretenden „Einbildungs"kraft in das
Subjekt verpflanzt wird. Das so enstandene innere Bild
ist nun zwar nicht selbst Wirklichkeit, sondern nur ein
Schein, aber eben das, was es uns ermöglicht, uns in der
Welt zurecht zu finden. Wir erkennen kurz gesagt die
Dinge dadurch, dass wir den von ihnen durch die „innere
Nachahmung" losgelösten Schein in uns „hineinbilden".

Wie wir etwas nachahmen sollen, was wir noch nicht
kennen, um dann doch durch die Nachahmung zur Kenntnis davon zu gelangen, ist freilich unerfindlich, ebenso
das Recht, sich zur Erhärtung dieser erkenntnistheoretischen
Doktrin auf Kant zu berufen, wie Groos es verschiedentlich
unternimmt.[2])

Wir kommen zu der psychologischen Seite der Groosschen Lehre im engeren Sinne. Mit der Ablösung des
Scheines trennt sich für mein Bewusstsein der Akt des
Empfindens von dem Gegenstand des Empfindens. Im
praktischen Leben, so erfahren wir, konzentriert sich mein
Bewusstsein alsbald auf den Gegenstand, im ästhetischen
konzentriert es sich auf den Akt. Dieser war aber charakterisiert als innere Nachahmung; worin besteht also der Inhalt des Bewusstseins bei der ästhetischen Betrachtung?
Er besteht „eben in diesem inneren Nachahmen selbst, in

---

[1]) Groos, Einl. i. d. Ästh. Giessen 92, p. 13. — [2]) Ibid. p. 13 ff.

dieser successive sich entwickelnden lebendigen Thätigkeit, die mit allen den Vorstellungen und Gefühlen sozusagen getränkt ist, welche einen so subjektiven Vorgang begleiten müssen. Dasjenige, dessen ich mir dabei bewusst bin, ist nicht ein starres und totes Etwas ausser mir, sondern die bewegende und beseelende Verwandlung, die an diesem Etwas durch innere Nachahmung vollzogen wird."[1])

Der Schluss ist hier so haltlos wie die Prämissen. Zunächst hat noch kein Mensch den Akt des Empfindens neben seinen Inhalten als etwas besonderes wahrgenommen. Die Empfindung wird uns zu einem Akte erst dadurch, dass wir ihr auf Grund unseres kausalen Denkens ein reales Etwas, ein empfindendes Subjekt, eine im Dasein, Kommen und Gehen der Empfindungsinhalte sich bethätigende Persönlichkeit zu Grunde legen. Der Akt der Empfindung ist die kausale Beziehung des Empfindungsinhaltes zu dieser Persönlichkeit oder diesem „hinzugedachten realen Etwas."[2]) Nur als Begriff, als Gegenstand des Denkens kann uns also dieser „Akt" zum Bewusstsein kommen; die innere Wahrnehmung verhüllt uns dergleichen völlig. Noch nie hat sich jemand dabei betroffen, wie er es fertig brachte, auf Grund einer für ihn durch nichts qualifizierten Anregung einen bestimmten Empfindungsinhalt zu produzieren.

Allerdings würden wir diese kausale Beziehung des Empfindungsinhaltes auf das empfindende Subjekt nicht vollziehen, wenn wir nicht beim Kommen und Gehen von Empfindungsinhalten ein Gefühl der Thätigkeit, der grösseren oder geringeren Bemühung hätten. Bildet etwa dies Gefühl, das doch nach Groos mit dem Gefühl der inneren Nachahmung identisch sein müsste, das Objekt des ästhetischen

---

[1]) Ibid. p. 94. — [2]) Lipps, Grundzüge d. Logik § 22.

Genusses? Leicht fliessende, graziöse Linien werden vielleicht von uns, weil sie halb verlöscht sind, recht schwer, grobe, eckige, schwerfällige Linien, weil sie derb und in greller Farbe heraustreten, sehr leicht und spielend aufgefasst oder „innerlich nachgeahmt." Scheinen darum jene ihrem Charakter nach schwer, diese leicht? Man sieht ohne weiteres, das Gefühl der Thätigkeit der inneren Nachahmung hätte mit ästhetischer Betrachtung gar nichts zu thun. Es gilt von ihm genau dasselbe wie von den Augenbewegungen.

Die weiteren Ausführungen des Groosschen Buches, wie die, dass die innere Nachahmung ein Spiel, dass die ästhetische Betrachtung somit eine Befriedigung des Spieltriebes und als solche erfreulich sei, bedürfen danach keiner besonderen Kritik.

Unter den Vertretern der Lotzeschen Erinnerungshypothese kommt zunächst Siebeck in Betracht. Seine Ausführungen sind besonders darum so interessant, weil sich an ihnen ersehen lässt, wie die Lotzesche Erinnerungshypothese den aufmerksamen Betrachter gleichsam von selbst dazu drängt, sie in die Theorie des inneren Nacherlebens aufzulösen.

Siebeck tritt als Psychologe an unsere Frage heran. Er basiert im wesentlichen auf Herbart. Er sucht zu zeigen, wie aus der Wirksamkeit der Associationen die Apperzeption verständlich werde, wie diese selbst nichts weiter ist, als eine besondere Art jener Wirksamkeit, und wie weiter die ästhetische Anschauung nichts anderes ist, als eine besondere Art der Apperzeption.

Ehe wir auf diese Art des näheren eingehen, sei hervorgehoben, dass Siebeck sich anlässlich seines Apperzeptionsbegriffes dagegen verwahrt, als halte er die Apperzeption für etwas, was zu der vorangegangenen Perzeption wie

etwas Neues hinzukomme. Er wahrt sich damit gegen den
gefährlichen Irrtum, als könnten Vorstellungen zunächst
selbständig, so zu sagen auf eigene Kosten, in mir vorhanden
sein und es ruhig abwarten, in welchem Lichte ich sie betrachten, in welchem Zusammenhange ich sie vorlassen
will. Ausdrücklich zitiert er den Steinthalschen Satz, nach
welchem keine Perzeption ohne Apperzeption zustande
kommen kann.[1])

Die Hauptabsicht seines Werkes war nun, diejenige
Art der Apperzeption zu charakterisieren, welcher die Objekte unserer ästhetischen Anschauung unterliegen. Hatte
Vischer auf das Problem des inneren Nacherlebens abzielend
mit einer gewissen Einseitigkeit die körperlichen Folge-
erscheinungen des ungestört sich vertiefenden Sinneseindruckes in den Vordergrund gestellt, um dann die Gesamterregung auf sie zurückzuführen, so ging Siebeck,
ganz der Lotzeschen Erinnerungshypothese gemäss, aus von
unseren Beobachtungen an' anderen Menschen resp. dem,
was wir aus ihr gelernt haben. Er setzt voraus, dass wir
für die geistige Bedeutung des menschlichen Äussern
bereits Verständnis und Urteil gewonnen haben Von da
geht er weiter. „Das unbeseelte Sinnliche kann nämlich
in Formen der Erscheinung spielen, welche an Ausdrucksformen der erscheinenden Persönlichkeit erinnern." Dadurch soll ein Schein von Beseelung auf das Objekt fallen,
„d. h. der Betrachter wird das gegebene Objekt unwillkürlich
nach Massgabe der Vorstellung des Eindrucks der erscheinenden Persönlichkeit anzuschauen suchen und dem-
gemäss dem Gegebenen diejenigen Merkmale leihen, welche
er gewohnt ist, als Ausdruck des im Sinnlichen erscheinenden Geistes anzusehen."[2])

---

[1]) Siebeck, Das Wesen d. ästh. Anschauung, § 41, p. 34. — [2]) Ibid.
§ 73 p 66.

Das klingt noch sehr unbestimmt und unverfänglich.
Nur ist eben der Terminus an Ausdrucksformen erinnern so
allgemein gehalten, dass eine genauere Analyse erst hier
den eigentlich schwierigen Teil ihrer Aufgabe zu lösen
fände. Indes ein Beispiel Siebecks lehrt uns den Sinn
seiner Worte besser verstehen.

„Wenn der Effekt eines Seees innerhalb einer waldigen
Landschaft dem seelischen Ausdrucke des Auges nahe
kommt, so ist damit nicht notwendig bedingt, dass die
Vorstellung des Seees wirklich die Vorstellung des Auges
im Antlitz hervorruft, sondern der Grad des Gegensatzes,
in welchem seine Vorstellung zu der der Umgebung steht,
reproduziert die Stimmung, welche der nämliche oder ähnliche Grad des Gegensatzes hervorbringt, in welchem sich
die Vorstellung des Auges zu der seiner unmittelbaren
Umgebung befindet. Diese Stimmung war aber $V = G : S$
(:das Merkmal der Anwesenheit des Geistes im Stoffe, § 66,
pag. 62:) von ihr aus wird dann der Eindruck der Persönlichkeit massgebend für die Gesamtanschauung des
Objekts."[1]

Nun müssen wir uns wiederum dagegen wehren, als
resultiere die Stimmung, die uns angesichts einer Landschaft
erfasst, lediglich aus äusseren Gegensätzlichkeiten des Gesehenen als solchen und ihrer Ähnlichkeit mit formalen
Bestimmtheiten des menschlichen Äussern. Es ist für die
künstlerische Wirkung der Landschaft nicht gleichgültig,
ob die Glut der Sonne mich zu träumerischer Ruhe prädis-
poniert, ob der würzige Duft des Waldes mir einzig er-
quickende Anregung zuweht; denn alles in ihr scheint
unseren Genuss zu teilen. Siebeck aber vernachlässigt in
seiner Deduktion diese sehr wichtigen Erfahrungen. Indem

---

[1] Ibid. p. 67, § 73.

er es thut, räumt er unseren äusseren Beobachtungen an
anderen, gegenüber unseren sonstigen Erfahrungen und den
Erlebnissen an uns selber, eine über Gebühr wichtige Stelle
ein. Indes für einen Anhänger der Lotzeschen Erinnerungshypothese war diese Stellungnahme nur konsequent. Eigentümlich ist es nun aber, zu sehen, wie der Begriff „Ausdrucksformen der erscheinenden Persönlichkeit" doch
schliesslich eine höchst unbestimmte und jedenfalls viel all-
gemeinere Bedeutung gewinnt, als Siebeck ihm in jenen
grundlegenden Auseinandersetzungen zuzugestehen scheint.
So heisst es in dem Kapitel über Phantasie und Idealisierung:

„Die Idealisierung bringt nach alledem das gegebene
Objekt unter die Apperzeption bez. Illusion der Vorstellung eines sich in der Erscheinung manifestierenden
geistigen Lebensprinzips und vertieft dadurch die Erscheinung der Oberfläche, die gegeben ist, durch das Hinein-
tragen eines in und durch die erscheinende Form ausgesprochenen Innern. Dieser Schein des Lebens wird
für jedes ästhetische Objekt gemäss seiner eigentlichen
Beschaffenheit ein individuell verschiedener sein: Leben
ist ein anderes in der Darstellung des olympischen Zeus,
ein anderes in der des Diskobolos, — . — . . . Ebenso
ist es, wenngleich wieder in individueller Eigentümlichkeit,
vorhanden in einem „Stillleben", nicht minder in der
Darstellung etwa eines Volksfestes. Leben in dem an-
geführten Sinne ist aber auch in dem Aufquellen von
Formen aus Formen, wie es die Arabeske, und nicht
minder an ein bestimmtes Grundverhältnis von Kraft und
Last gebunden, die Architektur eigentümlich hat. — —
Da ist überall an dem sichtbaren und schaubaren Objekt
das rein äusserliche Erscheinen zum Scheine eines Innern,
zum Ausdruck eines die Vielheit seiner Formen unsichtbar

und doch sichtbar (anschaulich) beherrschenden Gesetzes geworden."[1]

Damit können wir uns nun zwar in sachlicher Hinsicht völlig einverstanden erklären. Wie lassen sich aber damit die früheren Sätze Siebecks vereinigen? Was kann es in Ansehung der Arabeske oder des Stilllebens heissen, dass sie in Formen der Erscheinung spielen, welche an Ausdrucks„formen" der erscheinenden Persönlichkeit erinnern? Das hat uns Siebeck nicht gesagt. Und weiter vermissen wir nun die Antwort auf die Frage, auf die es doch gerade ankam: wodurch nämlich das ästhetisch Betrachtete den geistigen Gehalt, mit dem wir es beleihen, in seiner Eigenart von sich aus bestimmt, genauer gefragt, durch welche, mit der ästhetischen Betrachtung eines bestimmten Objektes gegebenen, psychischen Thatbestände ich als der ästhetische Betrachter zu der spezifisch bestimmten Beseelung dieses Objektes in der Vorstellung genötigt bin?

Trotz aller Schwierigkeiten, in die sich die „Erinnerungshypothese" wieder und wieder verwickelte, erhielt sie sich bis auf unsere Tage, bis auf Friedrich Vischer (in seiner jüngsten Schrift das Symbol) und Biese (Associationsprinzip und Anthropomorphismus in d. Ästh.). Allerdings ist auch ihnen der Rekurs auf die Theorie der innerlich nacherlebten Kräfte nicht unbekannt. So finden wir bei Vischer den Satz, die symbolische Bedeutung des ästhetisch betrachteten Objekts „enthalte ein Geschehen durch eine Kraft."[2] Dies Geschehen werde nun „Wille, Zweck, Handeln und Leiden."

Am Schluss aber liegt das Band, welches dem

---

[1] Ibid. p. 116 f. — [2] Fr. Vischer, Altes und Neues, Neue Folge 1889, p. 299. —

Objekt zu seiner symbolischen Bedeutung verhilft, doch wieder in der „mimischen Ähnlichkeit des Gesehenen mit mimischem menschlichen Ausdruck"[1]), und die Beispiele lassen keinen Zweifel, dass Vischer ganz auf Seiten der „Erinnerungshypothese" steht. So heisst es: „Bewölkter Himmel gemahnt an Stirnrunzeln", „Regen an Thränen"(!) „Blitz an schiessenden Blick des Zornes"[2])! Wie wenig sich Fr. Vischer des Unterschiedes der beiden Hypothesen und damit der beiden Momente des Einfühlungsbegriffes bewusst war, geht auch daraus hervor, dass er den ganzen von R. Vischer mühsam in seine Teile zerlegten Akt doch wieder als Ganzes mit dem Terminus Einfühlung zu bezeichnen vorschlug, selbst aber durchweg die Gefühlsübertragung als das eigentliche Rätsel der Einfühlung hinstellte.

Gegenüber den geometrischen Formen ist Vischer im Grunde ratlos. Er hilft sich mit der Behauptung, ihre Ähnlichkeit mit dem Menschen liege darin, dass auch sie, wie der Mensch, eine Einheit in einer Vielheit darstellen. Nach einem Kriterium darüber, wann denn eine Vielheit von Formen dem ästhetischen Betrachter zu einer Einheit gebunden erscheine, wird aber nicht gefragt.

Indes darf nicht verkannt werden, dass gerade Vischer nach wie vor die centrale Stellung und die ausschlaggebende Bedeutung des Problems der einfachen Formen voll zu würdigen wusste. Seine alte Gegnerschaft gegen den Formalismus kommt hier zum Durchbruch. Die Harmonik, so verlangt er, soll auf symbolische Mimik zurückgeführt werden[3]); denn hier liegt die Entscheidung, ob der Formalismus recht habe oder nicht.

Naturgemäss zeigt sich auch hier, eben wegen jener Rätselhaftigkeit der Gefühlsübertragung, die „Erinnerungs-

---

[1]) Ibid. p. 330. — [2]) Ibid. p. 330. — [3]) Ibid. p. 337. —

hypothese" wiederum verbunden mit metaphysischen Spekulationen über das Objekt. In gleichem Sinne äussern sich
Volkelt und Biese. Ohne die Annahme einer „nicht weiter
ableitbaren immanenten Nötigung"[1]), die uns zwingt, die
Dinge für beseelt zu halten, sei die Gefühlsübertragung
nicht erklärbar. Dieser immanenten Nötigung korrespondiert
dann eine ebenfalls nicht weiter analysierbare „Beschaffenheit der Dinge."[2])

Indes die Behauptung einer solchen immanenten Nötigung ist nicht sonderlich erspriesslich. Am Ende kann
man jedes psychische Geschehen, sofern es Gesetzen unter-
liegt, auf eine solche zurückführen. Der Wissenschaft aber
gilt es ja gerade, die scheinbar einzelnen immanenten
Nötigungen aus dem umfassenden Zusammenhange aller zu
begreifen. Ebenso verlangt auch die „Beschaffenheit der
Dinge" jene nähere Bestimmung, die wir z. B. bei den geometrischen Formen als ihre Abhängigkeit von allgemein
und gesetzmässig im Raume waltenden Kräften begriffen
haben.

Zweiter Abschnitt.

Kapitel V.

Die Formulierung der Einwände gegen die Psychologie.

Man hatte, freilich wie wir gesehen haben mit höchst
zweifelhaftem Rechte, die Einfühlung zu einem Akte meta-

---

[1]) Biese, Das Associationsprinzip u. d. Anthropomorphismus in d.
Ästhetik p. 15. — [2]) Ibid. p. 15.

physischer Offenbarung gemacht. Sie fügte sich, wie es schien, leicht einer Anschauung, für die vielmehr der Schein der Unbelebtheit als der der Belebtheit Problem war. Auf der andern Seite musste diese Auffassung dazu führen, jeden Versuch, die Einfühlung aus den allgemeinen Mitteln der Psychologie zu erklären, als Absurdität zu betrachten.

In der That finden wir diese Meinung bei Volkelt. Eine eigentümliche Verkettung der Motive bestärkte ihn in seiner Überzeugung. Alles Körperliche ist ihm der Ausdruck eines entsprechenden Geistigen. Ausgangspunkt und Bestätigung hierfür ist ihm letzten Endes die Beziehung zwischen unserm Körper und unserm Geiste: unsere eigene Daseinsweise. Diese ist ihm daher auch das vermittelnde Zwischenglied, welches uns die geistige Bedeutung fremder sinnlicher Erscheinungen verstehen lehrt: die ästhetische Erregung resultiert aus einer unmittelbar vorangehenden körperlichen; was bei Volkelt um so verwunderlicher ist, als er die Belanglosigkeit der Augenbewegungen für die Erklärung der letzteren richtig erkannt hatte. Wir versetzen uns nach ihm mit unserem „Phantasieleib"[1]) in die Dinge hinein. Die Körperlichkeit, die wir dabei in der Vorstellung annehmen, ist durch nur als metaphysisch begreifliche Ordnung verknüpft mit Gefühl und Stimmung. Diese übertragen wir dann, jener immanenten Nötigung folgend, auf das Objekt. In dieser verlangten Gefühlsübertragung nun, so betonte Volkelt richtig, lag etwas, was mit dem blossen Sich-Erinnern an früher Erschautes oder Erlebtes nicht gegeben war. Gerade in ihr aber bestand auch für Volkelt die Einfühlung im engeren Sinne.

Blicken wir nun hinüber auf die Seite der Psychologie,

---

[1]) Volkelt, Der Symbolbegriff in d. neuesten Ästhetik 1876 p 74.

so tritt uns hier die Tendenz entgegen, das ästhetische Betrachten aus der Thatsache der Association zu begreifen. Nun traf es sich, dass speziell bei Fechner, dem Hauptvertreter dieser Richtung, die Thatsache des inneren Nacherlebens nicht wesentlich berücksichtigt war. Vielmehr schien auch seine Erklärung mehr im Sinne der Lotzeschen Erinnerungstheorie gehalten zu sein. Das Missverständnis Volkelts — um es kurz im voraus zu charakterisieren — besteht nun darin, dass er Association gleich bewusster Erinnerung setzte und jenen Fehler Fechners als einen notwendigen Mangel der Associationstheorie ansehen zu müssen glaubte.

Zwar hätte er aus den ganzen Fechnerschen Ausführungen entnehmen können, dass seine eigene Auffassung des Associationsbegriffes durchaus nicht mit der dort vertretenen übereinstimmte. Durchweg schob er indessen Fechners Ausführungen diesen seinen Associationsbegriff unter. So musste es ihm freilich sinnlos erscheinen, mit der Association den ästhetischen Eindruck erklären zu wollen. Trotzdem sind die von ihm aufgestellten Einwände in der Ästhetik bis zum heutigen Tage gewissermassen klassisch geblieben. Sie finden sich in wenig veränderter Form bei den schon genannten Fr. Vischer und Biese, sowie bei Th. Ziegler wieder. Will man diese Einwände widerlegen, so muss man der falschen Ausdeutung der psychologischen Grundbegriffe, auf der sie beruhen, die richtige entgegenstellen.[1]

---

[1] Hier muss freilich leider zugegeben werden, dass über diese Begriffe auch innerhalb der Psychologie noch keine allseitige Übereinstimmung erzielt ist. Was hier für diese oder jene Formulierung zu entscheiden hat, ist nun aber nichts anderes, als die Einfachheit und Leichtigkeit, mit der die Begriffe den Thatsachen beizukommen

Die Fechnerschen Gedanken bilden dazu den gegebenen Ausgangspunkt. Das ästhetisch betrachtete Objekt kommt zu seiner eigentümlichen Bedeutung durch die Erinnerungen, welche es in uns anklingen lässt. Das Band zwischen dem Erinnerten und dem betrachteten Objekt ist die Association. Fechner hat nun zweifellos die Grenzen dessen, was für die ästhetische Anschauung überhaupt von Bedeutung sein soll, in manchen Richtungen zu weit gezogen. Da wirkt für die ästhetische Würdigung eines Gebirges neben der Erinnerung an die Kraft, die solche Massen emportürmte, die also gewissermassen die Kraft des Gebirges selber ist, auch die Erinnerung an den Kraftaufwand, den eine eventuelle Besteigung erforderte. Das ist ein Gedankengang, der auf die praktischen Interessen eines Bergsteigers hinausläuft, mit künstlerischer Auffassung für diesen Fall dagegen wenig zu thun hat. So vermisst man bei Fechner überhaupt den ausdrücklichen Ausschluss der lediglich individuellen Associationen.

Nicht als wenn ihm die Notwendigkeit oder die Möglichkeit eines solchen entgangen wäre, es finden sich in seinem Werke sehr wohl zerstreute Hindeutungen auf diese Frage und wir werden auf dieselben zurückkommen; aber seine Ausführungen im Einzelnen nehmen darauf keine Rücksicht.

In ihnen scheinen alle Associationen als gleichberechtigt

und sie in einem einheitlichen Zusammenhange ohne Zwang zu ordnen gestatten. Wir sind der Überzeugung, dass von diesem Gesichtspunkte aus in der That der Begriff der Association, in der nötigen Weite gefasst, als letzte Grundlage jeder psychologischen Erklärung anzuerkennen ist, und schliessen uns dabei im Wesentlichen derjenigen Fassung an, die ihm von Th. Lipps in den „Grundthatsachen des Seelenlebens" (Bonn 83) gegeben wurde.

für die ästhetische Anschauung behandelt worden zu sein, sofern sie nur überhaupt durch das Auftreten des Objektes unmittelbar mobilisiert werden. Freilich in diesem „unmittelbar" liegt bereits eine wichtige Begrenzung: es bedeutet, dass der Betrachter nicht über dem Associierten das Objekt selbst vergessen dürfe.

Associationen, die dieser Forderung genügen, verraten sich dem Bewusstsein in dem, was Fechner mit Rücksicht auf das Objekt die geistige Farbe, mit Rücksicht auf das Subjekt das associative Gefühl nennt. Ob sich die associerten Vorstellungen wirklich nachträglich in den Blickpunkt des Bewusstseins drängen, ist natürlich für den Bestand der vorhergehenden ästhetischen Erregung ohne Belang. Von höchster Wichtigkeit dagegen für den Ästhetiker[1]), der eben nur durch die Aufzeigung jener Associationen den Eindruck zu analysieren vermag.[2]) Wir werden sehen, wie Fechner durch seine Versuche, jene Associationen thatsächlich aufzuzeigen, zu grundstürzenden Missverständnissen Veranlassung gegeben hat. Man suchte hinter seinem Verfahren die absurde Meinung, dass jene nachträglich herausgestellten Associationen bereits während der ästhetischen Anschauung selbständig bewusst gewesen seien.[3])

Was ferner die Stellung der geistigen Farbe zu dem associativen Gefühle betrifft, so hat sie Fechner zwar nicht eingehend erörtert; es finden sich aber Stellen genug bei ihm, die darauf hinweisen, dass er sie in derselben Weise verstand, wie seine Vorgänger die Beziehung der symbolischen Bedeutung des Objektes zu dem eigentümlichen

---

[1]) Vgl. Lipps, Ästh. Faktoren der Raumanschauung p. 90 f. — [2]) Fechner, Vorschr. d. Ästh. Bd. I, p. 111. — [3]) Volkelt, Der Symbolbegriff p. 91, 92.

Wohl oder Wehe, das angesichts seiner den Betrachter er-
fülle. So heisst es:

„Wir sind überall gewohnt, das, was Sache einer un-
willkürlichen, uns durch das Leben geläufig gewordenen
Association an die Form ist als Sache eines Eindruckes
der Form selbst zu rechnen, hiermit einen Teil des geistig
angeknüpften Inhaltes unmittelbar in diese selbst zu verlegen."[1])

Von der im Vorangehenden gekennzeichneten Wirksam-
keit des Associierten trennt Fechner einen zweiten Faktor
ab, den er den direkten nennt. Nicht die Thatsache der
Association selbst galt ihm ja als Grund für das ästhetische
Wohlgefallen an dem Objekte, höchst unberechtigter Weise
schob man ihm später auch diese Meinung unter,[2]) — vielmehr mussten dazu die durch die Association angeknüpften
Erinnerungen selbst in gewisser Weise wohlgefällig sein.
Letzten Endes läuft also auch für ihn die Wirkung der
Association auf direkte Wirkungen, nämlich auf die des
Associerten hinaus. Entsprechend forderte er nun die
Anerkennung eines in dem wahrgenommenen Objekte als
solchen direkt wirkenden ästhetischen Faktors. Dieser
schloss alles in sich, was von direkt wohlgefälligen oder
missfälligen Elementen sich in der äusseren Erscheinungsweise des ästhetisch betrachteten Objektes aufweisen liess.

Fechner übersah dabei, dass gar nichts in uns zur
Geltung gelangen kann, ohne von dem in der Seele durch
die Erfahrung gegebenen Schatz von Vorstellungen aus,
wenn nicht eine qualitative Modifikation, so wenigstens eine
Unterstützung oder Minderung seiner Gefühlswirkung zu
erfahren. Groos hat richtig bemerkt, dass Fechner selbst

---

[1]) Fechner, Vorsch. d. Ästh. Bd. II, p. 23. — [2]) Volkelt, Symbolbegriff, p. 85.

bei dem Versuche, solche scheinbar direkten Eindrücke von Farben zu beschreiben, unvermeidlich jene Farben durch ihre Ähnlichkeit mit anderen ihrerseits Lust- oder Unlust-betonten Dingen charakterisiert. Und schon bei Fechner selbst finden wir diese Wechselbeziehung aller Bewusst-seinsinhalte erläutert.[1]) Er vergleicht die Seele mit einem unendlich verwickelten Gewebe von Fäden, von denen keiner in Schwingung versetzt werden kann, ohne sämtliche andere mehr oder weniger mit sich zu ziehen. Ist dem aber so, dann müssen wir auch für das Entstehen des ästhetischen Eindrucks in jedem Falle associative Vorgänge bestimmter Art mit verantwortlich machen. Andererseits ist die Aufstellung eines direkten Faktors doch insoweit gerechtfertigt, als die empfindungsmässigen Wahrnehmungs-inhalte durch die Weise ihres unmittelbaren Zusammen-hanges immerhin die Eigenart des resultierenden Gefühles in weiteren Grenzen von sich aus bestimmen können. Nur mit Unrecht würde man hierin formalistische Tendenzen vermuten.[2]) Denn es darf nie vergessen werden, dass die Vertiefung eines solchen Gefühles zum ästhetischen eine weitere komplizierte Reihe psychischer Vorgänge erfordert.

Gegen die hiermit kurz skizzierten Grundlagen der Fechnerschen Ästhetik wendet sich Volkelts Kritik.

Der erste und wichtigste seiner Einwände ist der, dass es sich bei der Association um ein Nebeneinander, „eine bloss äussere Beziehung, ein Sichanreihen, Sichassociiren"[3]) handle; dass wir die associierte Vorstellung „irgendwie separat"[4]) besessen haben müssten und zwar separat neben dem wahrgenommenen Objekte, ehe ihre Beziehung zu demselben klar erkannt werde. Man sieht, Association ist

[1]) Fechner, Vorsch. Bd. I, p. 111. — [2]) Fr. Vischer, Altes und Neues, Neue Folge 1889, p. 385. — [3]) Volkelt, Symbolgriff p. 73. — [4]) Ibid. p. 77.

für Volkelt gleich bewusster Erinnerung. Wäre die Association so gemeint, so müsste dann freilich alles, was durch
dieselbe vermittelt wäre, ausschliesslich „im Lichte des Bewusstseins"[1]) zustandekommen. Es bestünde zwischen dem
unmittelbar Geschauten und dem Associierten „ein dualis-
tisches Verhältnis"[2]), dessen Beziehung zu der Einheitlichkeit der ästhetischen Erregung allerdings undenkbar bliebe.
Es wäre weiter problematisch, wie man bei einer solchen
Auffassung der Association „das Zentrum unseres Ich, den
Quellpunkt unseres Wesens, auf den alles, was in uns eingeht, bezogen wird"[3]), noch für beteiligt halten könnte.
Das Gleiche meint Biese, wenn er sagt, „der Anthropomorphismus verhalte sich zur Association wie die Metapher
zum ausgesprochenen Gleichnis."[4]) Und auch Ziegler[5]) betont denselben Gesichtspunkt: „Das Associations-Prinzip
sei etwas viel weniger Intimes, Innerliches, Tiefes, als das
Symbolisieren." Dort komme „Eins neben das Andere",
(ad-sociare) hier „Eins in das Andere" hinein.

Dass Fechner selbst die Association nicht in diesem
Sinne meinte, haben wir bereits gezeigt. Die Ausdrücke
„geistige Farbe," „associatives Gefühl" würden allein zur
Erhärtung dessen genügen, aber auch von der „Verschmelzung"[6]) des associativen mit dem direkten Ein-
drucke können wir lesen.

Freilich auch hierin lag ein missverständliches Moment,
das denn auch seine Folgen hatte. Volkelt nämlich kommt
in scheinbarer Übereinstimmung damit zu der Behauptung:
„Was sich associativ herbeigefunden, muss intuitiv ein-
gefühlt werden"[7]) und fast mit den gleichen Worten

---

[1]) Ibid. p. 84. — [2]) Ibid. p. 78. — [3]) Ibid. p. 82. — [4]) Biese, Das
Associationsprinzip und d Anthropomorphismus in d. Ästh. Abschn. IV.
— [5]) Ziegler, Das Gefühl p. 128 — [6]) Fechner, Vorschr. Bd. I, p. 128.
— [7]) Volkelt, Symbolbegriff p. 103.

äussert sich Ziegler.[1]) Das Missverständnis liegt hier darin,
dass die Verschmelzung, von der Fechner spricht, ein für
die ästhetische Auffassung fertig vorliegendes Produkt aus
dem Objekte und allen durch das Leben ihm associierten
Erfahrungen ist, während Volkelt und Ziegler dieselbe auf-
fassen als eine während der ästhetischen Anschauung sich
vollziehende Thätigkeit, deren Aufgabe es wäre, die durch
Association selbständig bewusst gewordenen Nebenvorstellungen zu dem sie erregenden Objekte nachträglich in
die nötige enge Beziehung zu setzen.

Was diese Behauptung, psychologisch genommen, bedeutet, ist völlig unersichtlich. Hält man ernstlich die
Association für ein bewusstes Nebeneinander, so kann man
ihr in der ästhetischen Anschauung überhaupt keine Stelle
einräumen, oder man verfällt selbst dem den Associations-
psychologen vorgeworfenen Fehler, unter ästhetischer Anschauung einen Spaziergang im Garten der Phantasie zu
verstehen.

Auch sonst verwickelt sich Volkelt in Widersprüche.
Spricht man anlässlich des künstlerischen Sehens von Association, so ist sie für ihn eine „bloss äusserliche Beziehung.“
Spricht man von dem weniger erhabenen, unmittelbaren
Verständnis der Wahrnehmungsbilder, so darf die Association
dafür verantwortlich gemacht werden.[2]) Aber wo bliebe
dies unmittelbare Verständnis, wenn die Association etwas
Mittelbares wäre? Freilich liesse sich auch hierfür in
Volkelts Ausführungen eine scheinbar befriedigende Antwort finden; sie würde lauten: „Sobald ich einen Gegenstand als das, was er ist, erkenne, liegt die Association
hinter mir.“[3]) Aber bevor diese Erkenntnis in mir zu stande

---

[1]) Ziegler a. a O. p. 126. — [2]) Volkelt a. a. O. p. 89. — [3]) Ibid.
p. 89.

kam, muss die Association da gewesen sein mit ihrem
Neben- und Nach-Einander; ich muss alles, was zum schliesslichen Verständnis des Gegenstandes taugt, „separat"[1])
besessen haben. Offenbar ist auch das psychologisch un-
möglich und doch giebt Volkelt, da, wo es sich um das
blosse Verständnis der Wahrnehmungsbilder handelt, die
Wirksamkeit der Association zu.

Wo liegt nun der Schlüssel für diese Verwirrung? Worauf
beruht die Missverständlichkeit des Associationsbegriffes?

Zunächst hat das Wort Association mit den deutschen
Wörtern auf „ung" den Nachteil gemein, gleichzeitig einen
Vorgang und dessen Ergebnis bedeuten zu können. Dazu
kommt, dass es, wenn man von der — in der That freilich
vollzogenen — wissenschaftlichen Fixation seiner Bedeutung
absieht, auf zwei verschiedene Vorgänge, somit auch auf
zwei verschiedene Ergebnisse, das heisst im Ganzen auf vier
verschiedene psychische Thatbestände bezogen werden
könnte. Wir nehmen in der folgenden Unterscheidung
denjenigen Vorgang nebst dem ihm zugehörigen Ergebnis,
auf welchen es, dem wissenschaftlichen Sprachgebrauch
gemäss, nicht angewandt werden sollte, im Beispiel vorweg.

Ich sehe Soldaten und denke daraufhin an Napoleon.
Was bedeutet das psychologisch? Eine Association, wird
man mir antworten. Worin besteht diese Association?
frage ich weiter. „In der Vorstellung Napoleon" antworten
die einen und denken dabei nur an das Ergebnis des Vorgangs, an das Associiierte. Wer in seiner Erklärung das
Moment des Vorgangs selbst betonen will, sagt vielleicht
„Die Association ist hier die geistige Bewegung, die, angeregt von der Vorstellung der Soldaten, die Vorstellung
Napoleon verwirklicht." Beide hätten in Bezug auf den wissen-

---

[1]) Ibid p. 77.

schaftlichen Sprachgebrauch Unrecht, was sie bezeichnen
wollten, war gar keine Association, sondern eine Reproduktion (resp. ein Reproduziertes).

Wir kommen nunmehr zu dem zweiten der psychischen
Vorgänge, auf den — ebenso wie auf sein Ergebnis — das
Wort Association angewandt werden kann. Damit die Vorstellung Napoleon angesichts der Vorstellung der Soldaten
reproduziert werden konnte, ist es erforderlich, dass wir
selbst sie bei Gelegenheit einer früheren Erfahrung mit der
Vorstellung von Soldaten in Beziehung gesetzt haben. Der
Gedanke an diese längst vergangene Gelegenheit birgt nun
selbst wiederum dem Unterschiede von Akt und Ergebnis
gemäss zwei Möglichkeiten für die Anwendung des Wortes
Association. Einmal kann man dabei denken an die in
uns wirksame verknüpfende Thätigkeit, die während jenes
einstigen Erfahrungsaktes die betreffenden Vorstellungen in
Beziehung setzte, „sie associierte", zweitens an das Ergebnis
dieser Thätigkeit, das wir als latentes Dasein einer Beziehung zwischen jenen Vorstellungen bezeichnen können.

Die vier Möglichkeiten der Anwendung des Wortes
Association sind also — mit Rücksicht auf die Zeit ge-
ordnet — folgende. Es könnte angewandt werden:

1) auf den Akt des in Beziehung-Setzens anlässlich der
einstigen Erfahrung;

2) auf die hieraus resultierende latente Beziehung;

3) auf das Wirksamwerden dieser Beziehung im späteren
Falle;

4) auf die dank dieser Wirksamkeit reproduzierte Vorstellung, insofern sie eben in diesem Zusammenhang reproduziert wurde.

Wir haben mit dieser Zerlegung des Associationsbegriffes zugleich die eigentümlichen psychischen Vorgänge
angedeutet, deren Zusammenhang die Grundlage der

sogenannten Associationspsychologie bildet. Es stünde an sich nichts im Wege, diesen ganzen Zusammenhang als Association zu bezeichnen. Nur müssten wir dann seinen Stationen besondere Termini zuweisen. In der That aber gebrauchen wir das Wort Association im Sinne des oben unterschiedenen zweiten Falles, d. h. als latente Beziehung zwischen verschiedenen Vorstellungen.[1])

Wo nun aber die Scheidung dieser sprachlich möglichen Bedeutungen fehlt, ist es fast unvermeidlich, dass sich der Sinn des Wortes unter der Hand ändert. Betont man innerlich den ersten der oben unterschiedenen vier Fälle der Anwendung des Associationsbegriffes, so wird die Association, weil sie von der Oberfläche stamme, „etwas Oberflächliches, Peripherisches"[2]) „ein mehr äusserliches Verfahren."[3]) Man vergisst dabei die Ähnlichkeits-Association, die gerade in ursprünglichen Verhältnissen der Vorstellungen ihren Grund hat. Zugleich kann es leicht den Anschein gewinnen, als ob das Zustandekommen der Associationen bei dem Einzelnen rein von den Zufälligkeiten seines individuellen Lebens abhinge. Wäre dem so, dann müssten wir allerdings bei der Erklärung des ästhetischen Urteils auf den Associationsbegriff verzichten; denn jenem Urteil muss, wie wir schon früher gesehen haben, seine Allgemeingültigkeit gewahrt bleiben. Wir finden denn auch diesen Gedanken bei Volkelt. Es handle sich bei der Association nur um einen „durch keine unmittelbar erlebbare Notwendigkeit geforderten und insofern zufälligen, rein empirischen Zusammenhang."[4])

Betont man innerlich die zweite der oben unterschiedenen Möglichkeiten, für die die Association als latente

---

[1]) Im Anschluss an Lipps, Grundthatsachen d. Seelenlebens p. 84ff. — [2]) Volkelt a. a. O. p. 89. — [3]) Fr. Vischer, Das Symbol. — [4]) Volkelt, a. a. O. p. 96.

Beziehung zwischen zwei Vorstellungen in Betracht kam,
und vergisst man dabei, dass die aus dem früheren Zu-
sammensein der associierten Objekte enstandene Beziehung
als der Ausgangspunkt für spätere psychische Geschehnisse
anzusehen ist, die als psychische Geschehnisse eben doch
ohne das seelische Wesen als Ganzes nicht möglich sind, so
wird die Association gar als etwas „Totes" verdächtigt,
wie z. B. von Dilthey.[1]) Sie erscheint dann unfähig, als
Vermittlerin von Gefühlen zu fungieren, als welche aus
dem „Quellpunkt des Ich" selber hervorkämen. So heisst
es bei Volkelt: „Blosse Vorstellungsbeziehungen können
aus sich heraus niemals zu jenem dunkeln Bewusstseins-
zustande, zu jenem geistigen Vitalgefühle werden, das wir
Stimmung heissen."[2]) Unterstützt wird dieses Missverständnis
durch die Erinnerung an die Art, wie seinerzeit Herbart
die einzelnen Vorstellungen zu selbständigen Wesen erhob.
Noch heute hat man der Psychologie diesen Missgriff nicht
ganz vergessen. In der That ist sie inzwischen davon
zurückgekommen. Vorstellungen sind überall und immer
Äusserungen des gesamten als Einheit gefassten seelischen
Wesens. Es war ein Fehler, jenen aufzubürden, was einzig
diesem zur Last fällt.[3])

Die Betonung der dritten der oben unterschiedenen
Möglichkeiten schliesslich kann im Vereine mit derjenigen
der vierten ebenfalls zu Missverständnissen führen. Überschätzt man nämlich die Bedeutung jener Beispiele, wo die
eine Vorstellung die andere gesondert ins Bewusstsein rief,
so gerät man leicht in den Irrtum, zu meinen, dass solch
separates Bewusstwerden die schlechthin notwendige
Folge jeder associativen Wirkung sei. Damit wären wir

---

[1]) Dilthey, Die Einbildungskraft des Dichters. Ges. Aufs. für Ed.
Zeller p. 398. — [2]) Volkelt a. a. O. p. 76. — [3]) Vgl. Th. Lipps, Grundth.
des Seelenlebens, Kap. VIII, p. 156.

wieder auf den Einwand zurückgekommen, der diese
ganze Erörterung veranlasste. Fassen wir zusammen, so
sind es prinzipiell drei Einwände, welche der Associationspsychologie gegenüber geltend gemacht werden:

I. Die Association involviere stets ein bewusstes Nebeneinanderstehen der associierten Vorstellungen.

II. Sie könne nicht als Vermittlerin von Gefühlen
fungieren.

III. Sie bedeute stets einen rein zufälligen Zusammenhang.

Dritter Abschnitt.
Kapitel VI.
Zurückweisung des ersten Einwandes.
Warum die Association nicht ein bewusstes Neben-
einanderstehen von Vorstellungen bedeutet.

Wie haben wir uns nun aber thatsächlich die Wirkung
der Association zu denken? — Besteht zwischen zwei Vorstellungen eine Association, so muss, wenn die eine derselben angeregt wird, notwendig auch die andere angeregt
werden. Die erste wird als reproduzierendes Moment für
die zweite fungieren.

Aber, so könnte man einwenden, wenn sie das wirklich
thäte, so müsste mit jeder im Bewusstsein auftauchenden
Vorstellung die ganze Menge aller der Vorstellungen reproduziert werden, die zu jener ersten in associativer Beziehung
stehen. In der That geschieht das nicht. Es ist möglich,
dass eine Vorstellung allein sich im Bewusstsein behauptet;
wo bleiben die associierten? Und weiter könnte man
meinen, es hänge doch noch von anderen Ursachen als

4*

allein der Thatsache der Association ab, ob eine Vorstellung die andere hervorrufe oder nicht.

Auf der Frage ersten Teil: wo bleiben die associierten
und doch nicht zum Bewusstsein gelangenden Vorstellungen,
würden wir antworten: im Unbewussten. Was ist damit
gemeint? Der zeitliche Ablauf aller Phänomene zwingt uns
zu der Annahme, dass die Inhalte unserer Vorstellung zeit-
lich entstehen, und weiter müssen wir annehmen, dass sie
entstehen durch seelische Thätigkeit[1]); ferner zeigt die
Selbstbeobachtung, dass diese seelische Thätigkeit nicht
immer, sondern nur unter besonders „günstigen Umständen"[2])
dazu führt, separate Bewusstseinsinhalte zu erzeugen. Diese
Theorie des Unbewussten ist des Genaueren von Th. Lipps
in den Grundthatsachen des Seelenlebens[3]) (vgl. besonders
Kap. VII) an der Hand der Thatsachen entwickelt worden.
Wir gehen im folgenden nur insoweit auf sie ein, als für
das Verständnis der vorliegenden Probleme erforderlich
erscheint.

Nehmen wir ein Beispiel. Das Gesicht eines fremden
Menschen fällt mir auf. Es kommt mir bekannt vor, erscheint mir unangenehm, und ich weiss nicht warum. Später
fällt mir ein, dass ich irgend wann einmal, vielleicht auf
der Reise, mit diesem Menschen einen unangenehmen Zusammenstoss hatte. Die nachträgliche Erinnerung an diesen
Zusammenstoss ist, wie jeder zugeben wird, die Wirkung
einer Gleichzeitigkeits-Association. Was aber ist jenes Gefühl der Bekanntheit und Unannehmlichkeit vor der thatsächlich bewussten Erinnerung? Worauf beruht es?
Doch wohl auch auf nichts anderem, als der Wirkung eben
jener Association! Nur dass, solange es bei diesem unver-

---

[1]) Vgl Lipps, Grundth. d. Seelenlebens p. 25, 125 ff. — [2]) Ibid.
150 ff. — [3]) Vgl. auch ders , Der Begr. d. Unbewussten i. d. Psychol.
Kongressvortrag 1896.

standenen Gefühle bleibt, die an das Wahrgenommene
associierte Vorstellungsgruppe sich noch nicht mit ge-
nügender Stärke durchgesetzt hat, um in einen ge-
sonderten Bewusstseinsinhalt überzugehen. Trotzdem modifiziert sie durch ihr Aufstreben sowohl die Art des Auf-
tretens der Vorstellung des erblickten Gesichtes in meinem
Bewusstsein —, als auch die Art meines dieselbe begleitenden
Gefühlszustandes. Bereits hierin müssen wir eine Wirkung
jener Association anerkennen.

Nun bleibt der zweite Teil unseres Einwurfes zu beantworten; warum gelangte die associierte Vorstellung
nicht unmittelbar zum Bewusstsein? Wie kann sie überhaupt von diesem ausgeschlossen bleiben?

Diese Frage ist zu beantworten durch den Hinweis
auf den bereits berührten Zusammenhang zwischen den
einzelnen Vorstellungen und dem seelischen Wesen als
Ganzem. Das Vorstellen ist eine Kraft erfordernde
Thätigkeit. Diese Kraft muss aufgebracht werden von dem
seelischen Wesen. Wie dieses selbst, so ist auch die ihm
eigene Kraft begrenzt.[1] Werden nun von einem Bewusstseinsinhalte aus gleichzeitig viele associative Vorstellungen
resp. Vorstellungsthätigkeiten angeregt, so ist damit eine
Zersplitterung der seelischen Kraft involviert, der zufolge
den einzelnen miterregten Vorstellungen kein zum Bewusstwerden ausreichendes Quantum jener Kraft mehr zufallen
kann. Dabei sind doch die auch jetzt noch den einzelnen
Vorstellungen zufallenden Quanta nicht etwa unter sich
gleich, vielmehr bestimmt durch die Wechselwirkung zweier
Faktoren.[2] Einmal durch die Energie, mit der das repro-
duzierende Moment a auf das associierte b hinwirkt, zweitens

---

[1] Die genauere Ausführung und Begründung dieses Gedankens
findet sich wiederum bei Lipps, a. a. O. p. 151 ff. — [2] Vgl. Lipps, a.
a. O. p. 158 f.

durch das Entgegenkommen, das dieses b für sich allein
und abgesehen von dem zufällig vorliegenden Zusammenhang seitens des seelischen Wesens, der Gesamtpersönlich-
keit, der Individualität mit ihren Anlagen, Neigungen, Dis-
positionen etc. findet.

Schon aus dem Gesagten ergiebt sich, dass die Association, wo sie wirksam wird, durchaus nicht zu einem dua-
listischen Verhältnis, zu einem Nebeneinander bewusster
Vorstellungen zu führen braucht. Vielmehr können die
associierten Vorstellungen in Form unbewusst bleibender
Erregungen wirksam werden. Sie manifestieren sich dann
im Bewusstsein als Gefühl oder Stimmung.

Ein Einwand wäre indessen hier noch möglich. Ver-
tiefte ich mich nämlich in die Betrachtung des mir unangenehmen Gesichtes, bis die Erinnerung an jenen Zusammenstoss in mir wach wurde, so erlebte ich plötzlich,
dass sich meine Aufmerksamkeit zu Gunsten dieser Erinnerung von der unmittelbaren Betrachtung des Gesehenen
abwandte. Verhielte es sich bei der ästhetischen Anschauung in gleicher Weise, so müsste sie sich um so
rascher in einzelne Erinnerungen auflösen, je energischer
ich in sie eintrat — die Möglichkeit, sie durch Associationen
zu erklären, wäre wiederum hinfällig.

Indes auch dieser Einwand entspräche nur einer un-
berechtigten Verallgemeinerung. Jenes Gesicht erhielt
seinen eigentümlichen unangenehmen Ausdruck für mich
durch eine einzelne frühere Erfahrung. Dieses Alleinstehen
enthebt dieselbe in gewissem Grade der sonst hemmenden
Konkurrenz[1]) im Aufstreben zum Bewusstsein. Aber nicht
jede associativ erregte Vorstellung hat gleichermassen freie
Bahn.

---

[1]) Vgl. Lipps a a. O. p. 161/2.

Nehmen wir an, ein Mensch kommt uns vor die Augen, der durch eine ganze Reihe hässlicher Wesensäusserungen seinen Charakter kompromittiert hat. Auch er wird unmittelbar unangenehm erscheinen, vielleicht sogar intensiver unangenehm als jener erste. Aber die einzelnen Erfahrungen, die ihn uns unangenehm erscheinen lassen, hemmen sich wegen ihrer Vielheit gegenseitig im Bewusstwerden. Jede beansprucht und erzwingt ihr Quantum seelischer Kraft und schliesslich bleibt für keine genug, um ihr zu ermöglichen, der von aussen erregten Vorstellung jenes Menschen im Bewusstsein genügende Konkurrenz zu machen,[1]) populärer gesprochen, die Aufmerksamkeit von seiner Betrachtung abzuziehen. Diese Reihe unbewusster Vorstellungen gelangt dann — ebenso wie im vorigen Falle die einzelne Erinnerung vor ihrem Eintritt ins Bewusstsein — in der Weise zur Geltung, dass sie den allgemeinen Gefühlscharakter der Wahrnehmung modifiziert.

Noch eine zweite Art, wie unbewusste Vorstellungen sich geltend machen können, müssen wir dabei berücksichtigen. Sie können zu einer Modifikation des Gesichtsbildes selber führen. Jener Mensch mag für den oberflächlichen Betrachter schön sein wie ein Apoll; die Erfahrungen, die man an ihm gemacht hat, lenken die Aufmerksamkeit in zwingender Weise auf diejenigen Züge seines Gesichts, diejenigen Arten seiner Bewegungen, welche äusserlich bereits das Stigma misslicher Charaktereigenschaften zu sein pflegen. Diese treten dadurch besonders eindringlich hervor — man überschätzt so zu sagen ihr objektives Gewicht — und gewinnen für den Aspekt des ganzen Menschen bestimmende Bedeutung.

Verallgemeinernd dürfen wir also behaupten, je grösser

---

[1]) Vgl. auch Lipps a. a. O. p. 151 ff.

die Zahl associativer Vorstellungen ist, welche anlässlich
einer Wahrnehmung gleichzeitig in Erregung versetzt
werden, um so weniger haben die einzelnen unter ihnen
Anwartschaft auf selbständige Bewusstheit; um so weniger
ist Gefahr, dass sich die Einheitlichkeit des Eindrucks „das
Ineinander" in einer Abfolge von Erinnerungsvorstellungen,
dem „Neben- oder Nacheinander", verliere.   Um so un-
vermeidlicher ist es andererseits, dass jene Associationen
auf die Art meiner Auffassung des gegebnen Objektes
einen unmittelbar bestimmenden Einfluss üben.[1]

<hr />

Kapitel VII.

Zurückweisung des zweiten Einwandes.
Wie Association und Gefühl zusammenhängt.

Es gilt nun, den Zusammenhang zwischen Vorstellung
und Gefühl des weiteren zu verfolgen, und die Art seiner
Stellung zu dem „Centrum unseres Ich", dem „Quellpunkt
unseres Wesens" aufzuzeigen.   Zunächst erinnern wir uns
der Behauptung, blosse Vorstellungsbeziehungen könnten
aus sich heraus niemals zu jenem dunkeln Bewusstseins-
zustande, zu jenem geistigen Vitalgefühl werden, welches
wir Stimmung heissen![2]

Das Gefühl hatte sich uns im vorigen Kapitel dar-
gestellt als ein Bewusstseinsreflex, der ungesonderte Komplexe aufstrebender Bewusstseinsinhalte begleitet, gewissermassen ihren Vorgeschmack bildet   Nun wäre es freilich
verfehlt, das Gefühl auf das blosse Dasein ungesonderter
Bewusstseinsinhalte als solcher zurückführen zu wollen.

<hr />

[1] Vgl. Lipps a a O. p. 142 ff. — [2] Volkelt a. a. O. p. 76.

Dissonierende Töne erwecken trotz völliger Bewusstheit ein höchst unangenehmes Gefühl. Gesetzt auch, dass sie die Erinnerung an andere, früher von uns durchgemachte Unannehmlichkeiten anklingen liessen, so würden doch die dissonierenden Töne selbst nicht erst hierdurch unangenehm. Vielmehr wäre der Umstand, dass sie gerade Unannehmlichkeiten erinnerlich werden lassen, und damit also auch das ihnen anhaftende Unlustgefühl, seinem Grundcharakter nach bereits durch sie allein bestimmt und gefordert. Das faktische Bestehen jenes Gefühles wird freilich nicht ohne eine Resonanz im Unbewussten möglich; auf die Gründe hierfür werden wir noch zurückkommen.

Nun führt die Psychologie Lust und Unlust auf Übereinstimmung und Gegensatz, oder was dasselbe besagt, auf Förderung und Hemmung von Vorstellungen zurück. Vorstellungen können bei ihrem Aufstreben zum Bewusstsein Förderung oder Hemmung finden entweder durch gleichzeitige oder vorangehende Vorstellungen oder durch die Gunst oder Ungunst, welche ihnen das seelische Wesen von Hause aus und als Ganzes entgegenbringt. Das letzte kommt besonders für die Gefühlsbetonungen einzelner Empfindungen in Betracht. Freilich ist auch, wenn wir, dem ersten Falle gemäss, von der gegenseitigen Förderung oder Hemmung von Vorstellungen durch Vorstellungen sprechen, dies nur ein bequemerer Ausdruck für die Leichtigkeit oder Schwierigkeit, mit der die Seele als Ganzes jene Vorstellungen gleichzeitig resp. in unmittelbarer Folge hervorbringt. Hierzu nämlich muss sie eine ihr leichter oder schwerer fallende, allgemeine Erregungsweise eingehen. Diese Leichtigkeit oder Schwierigkeit offenbart sich, so zu sagen, im Gefühl.[1]

---

[1] Vgl. Lipps, Grundth. des Seelenleb. p. 196 ff., ferner ders., Bemerkgn. z. Theorie d Gefühle, Vierteljahrsschr. f. wissenschftl. Philosophie, Bd. XIII, p. 171.

Das einfachste Beispiel für das, was wir meinen, bietet
die Tonwelt. Töne können der Vereinigung in einem Be-
wusstseinsmomente widerstreben, sie können dissonieren.
Wo sie es thun, erleben · doch nur wir unmittelbar die
Schwierigkeit, die Einheitlichkeit unserer Auffassung zu
wahren. Wir erfahren, obzwar in einer andern Form, in
dem Gefühl dieser Schwierigkeit diejenige Beziehung
zwischen den Tönen, welche die wissenschaftliche Erkenntnis auf den Gegensatz der ihnen zu Grunde liegenden
Schwingungsrythmen zurückführt, indem sie annimmt, dass
diese letzteren „in gewisser Weise in die Region des Un-
bewusst-Psychischen hinüberklingen" und die „Art des Ab-
laufs", — den „Rythmus" der psychischen Erregung des
Hörens beeinflusse.[1])

Der Zusammenhang zwischen Gefühl und Vorstellungs-
ablauf lässt sich nun aber weiter verfolgen. Es ist bekannt, dass wir eine Melodie als solche erkennen, auch
wenn wir sie in einer Tonart hören, in der wir sie früher
nie gehört haben. Kein einzelnes Element der Melodie ist
hier dasselbe geblieben, wir können also nicht diese einzelnen Elemente dafür verantwortlich machen, dass wir die
Melodie trotz der Transposition als solche erkennen. Die
zwischen den beiden Melodien oder den sie konstituierenden
gleichartigen Tonfolgen bestehende Verbindung kann so-
nach in keiner Weise als Erfahrungs-Association gedacht
werden. Sie ist vielmehr eine Association auf Grund der
Ähnlichkeit. Diese aber besteht in unserem Falle in der
Übereinstimmung jener Tonfolgen hinsichtlich der zwischen
ihren einzelnen Tönen vorliegenden Beziehungen. Nun bedeutet das System solcher Tonbeziehungen für die Psyche
einen bestimmten Rythmus oder eine bestimmte Art der

---

[1]) Lipps, Üb Tonverschmelzg., phil. Monatshefte Bd. XXVIII, p. 581.

psychischen Gesamterregung. Ferner bestimmen, wie wir oben gezeigt haben, solche allgemeinen psychischen Erregungsweisen das Gefühl.

Daraus ergiebt sich ein wichtiger Zusammenhang zwischen Gefühl und Association: eben diese allgemeinen Erregungsweisen oder Rythmen eines seelischen Gesamtgeschehens sind die hauptsächlichsten Träger der Associationen der Ähnlichkeit. Danach muss jedes Gefühl, seine thatsächliche Herrschaft im Bewusstsein vorausgesetzt, notwendig verbunden sein mit dem Anklingen aller möglichen Vorstellungskomplexe, die dem, an welchen es sich ursprünglich heftete, ähnlich sind und zwar ähnlich hinsichtlich des in ihnen verwirklichten allgemeinen Rythmus des seelischen Geschehens.

Diese letzte Beschränkung brauchte nun aber gar nicht erst hinzugefügt zu werden, wenn man den Begriff der Ähnlichkeits-Association von vorn herein in der nötigen Strenge fasste. Will man das, so ist nur nötig, die im Grunde selbstverständlichen Forderungen zu betonen, dass associierte Vorstellungskomplexe nur dann als durch Ähnlichkeits-Association verknüpft betrachtet werden dürfen, wenn sie unmittelbar als g a n z e und wenn sie wirklich durch Ähnlichkeit einander associiert sind. Bringt man diese Forderungen in Anschlag, so fällt der Begriff der Ähnlichkeits-Association mit dem inhaltreicheren der „Ähnlichkeits-Association auf Grund der gleichen psychischen Erregungsweisen" zusammen.

Andererseits scheidet man dadurch mit einem Schlage jene mannigfachen Associationen aus dem Bereiche der Ähnlichkeits-Association aus, die nur eine oberflächliche Betrachtungsweise im allgemeinen diesem Bereiche zuzusprechen pflegt. Zur Erläuterung, und als Beispiele solcher Associationen führen wir folgendes an.

Wir gehen etwa von der Vorstellung des Münchener
Rathauses über zu der Vorstellung des von uns als ähnlich
erkannten in Brüssel; oder wir nennen zwei Hunde als
ganze ähnlich, weil sich beide durch besondere Länge des
Schwanzes auszeichnen. Ist hier, so frage man sich, der
Übergang von der Vorstellung des Münchener Rathauses
zu der des Brüsseler etwa als Folge einer blossen Ähnlichkeits-Association aufzufassen? Nach der zweiten der oben
geforderten Beschränkungen ist die Frage zu verneinen.
Was in unserem Beispiel vorliegt, ist eine Association der
Gleichzeitigkeit. Die Vorstellung des Münchener Rathauses
war mit der des Brüsseler in einem früheren Bewusstseins-
momente gleichzeitig gegeben und wurde damals „als ähnlich" beurteilt. Jenes gleichzeitige Gegebensein führt, in
unserm Beispiel wenigstens, zu der nunmehrigen Reproduktion. — Dass in andern Fällen daneben auch die Ähnlichkeits-Association bei entsprechenden Vorstellungsfolgen mit-
wirken könne, soll damit nicht geleugnet sein, wohl aber
muss betont werden, dass es Fälle des Übergangs von
Ähnlichem zu Ähnlichem giebt, in denen sie thatsächlich
nicht mitwirkt oder wenigstens nicht das eigentlich
Wirkende ist. Derartige Übergänge sind damit aus der
Zahl der hier für uns in Betracht kommenden Associationen
gestrichen.

Etwas anders verhält es sich in dem Fall der Hunde
mit den langen Schwänzen. Gehe ich hier von der Vorstellung des einen zu der des andern über, so ist wiederum
die Ähnlichkeits-Association nicht mehr für sich allein
wirksam. Sie führte in unserem Beispiel von dem Schwanz
des einen Hundes zu dem des andern; dann aber musste
dieser andere Hund erst von der Vorstellung seines
Schwanzes aus mit Hilfe der Erfahrungs-Association rekon-
struiert werden. Auch hier also hätten wir es nicht mit

jener Ähnlichkeits-Association im strengen Sinne zu thun,
die wir oben determiniert und als notwendige Begleiterin
aller Gefühle erkannt haben.

Biese[1]) sagt einmal, beim Lesen eines lyrischen Ge-
dichtes geraten die Saiten meines Ich in Schwingung. Wir
verstehen jetzt, was damit psychologisch einzig gemeint
sein kann. Was hier in Schwingung gerät, das sind
genauer gesagt, eben jene durch Ähnlichkeits-Association der
bezeichneten Art mit dem Gegebnen verknüpften Vorstellungskomplexe. Ihrem Anklingen verdanken wir überhaupt erst den dauernden Genuss eines bestimmten Gefühls.
Das Eintreten unähnlicher Vorstellungskomplexe würde
nämlich die den ganzen Bewusstseinsinhalt tragende, allgemeine psychische Erregungsweise und mit ihr ohne
weiteres jenes Gefühl modifizieren, d. h. zu Gunsten irgend
eines andern zurückdrängen; in diesem Zusammenhange
leuchtet die psychologische Notwendigkeit der alten Forderung ein, sich während der ästhetischen Betrachtung von
allen empirischen Interessen frei zu halten.

Gewinnt ferner jene psychische Resonanz an Dauer,
erweist sich, anders ausgedrückt, die Ähnlichkeits-Association
über eine grössere Zeitspanne hin und über die Bewusstheit des ursprünglich gefühlsbestimmenden Vorstellungs-
komplexes hinaus als ausschlaggebend für den Ablauf der
Vorstellungen, so haben wir genau das, was der gewöhnliche Sprachgebrauch als Stimmung bezeichnet; so führt
etwa der Gedankengang des Heitern wieder und wieder
zu der Vorstellung heiterer Zustände und Begebenheiten.

Die Ähnlichkeits-Association ist nun für das ästhetische Verhalten von höchster Bedeutung. Eine Tonfolge,
die ich in Cis-dur höre, so sahen wir bereits, konnte mich

---

[1]) Biese, Associationspr. u. Anthropom. p. 20.

auf Grund der Ähnlichkeit erinnern an die analoge Tonfolge in F-dur, die ich wirklich einmal gehört habe. Hier
wirkt die Ähnlichkeits-Association nur im Dienste des Ge-
dächtnisses. Ich kann aber auch die Tonfolge nur einmal
in F-dur gehört haben und dann doch die analoge in Cis-
dur mir vorstellen. Hier liegt eine weitere Leistung der
Ähnlichkeits-Association vor. Sie bewirkte, dass ich das
Schema von Beziehungen, welches die ursprünglich gehörte
Tonfolge zusammenhielt, mit einem materiell geänderten
Inhalt erfüllte. Freilich war die Änderung in diesem Falle
noch nicht sehr gross, es wurden Tóne für Töne gesetzt.
Es könnten dafur aber etwa auch menschliche Handlungs-
oder Äusserungsweisen gesetzt werden, deren Vorstellung
die gleiche seelische Erregungsweise wie die Vorstellung
jener Tonfolge verwirklichte. So giebt es Leute, die unwillkürlich zu jeder Musik einen litterarischen Inhalt er-
träumen. Umgekehrt kann das formale Schema der psychischen Beziehungen, die eine dramatische Handlung resp.
die in ihr erregten Äusserungen der handelnden Personen
zusammenhalten, mit analogen musikalischen Gebilden er-
füllt werden, wie in der Wagnerschen Kunst. Nur darf
die Analogie nicht zu weit ins einzelne getrieben werden,
weil hier, der Verschiedenheit der inhaltlichen Elemente
zufolge, keine Gleichheit der zusammenhaltenden Beziehungen
mehr möglich ist. Was sonst entsteht, ist auf der einen
Seite etwa „Programmmusik", auf der andern das für Lyrik
ausgegebene Gestammel mancher Modernen.

Einer spezielleren Folge der Ähnlichkeits-Association
müssen wir hier noch gedenken. Ich kann den Rythmus
einer Melodie auch erfüllen mit den Vorstellungen solcher
Leibesbewegungen, die ihm entsprechend accentuiert und
bemessen sind. Ich kann dieselbe insbesondere im Tanze
verwirklichen. Es handelte sich dabei allerdings um einen

im gegebenen Momente erfundenen Tanz. Der gewöhnliche Tanz wäre wiederum deshalb für die Ähnlichkeits-Association kein einwandfreies Beispiel, weil der Zusammenhang zwischen seiner Ausübung und dem gehörten Rythmus entweder im Tanzunterricht oder zum mindesten in der Betrachtung Tanzender erfahrungsmässig gegeben wurde. Der unter dem Eindruck der Musik frei erfundene Tanz hingegen wäre ein Produkt der Ähnlichkeits-Association im strengen Sinne.

Wir sind mit dem Gesagten, wie man sieht, zu der psychologischen Betrachtung der Phantasievorgänge vorgeschritten. Zweierlei ist damit bereits für die Erkenntnis des Einfühlungs-Aktes, zuvörderst noch im Sinne des inneren Nacherlebens, gewonnen.

Noch Volkelt hatte das ästhetische Gefühl auf die allgemeine körperliche Resonanz folgen, es aus ihrer Vertiefung herauswachsen lassen. Nach dem Vorigen ist klar, dass die körperliche Resonanz, wo sie eintritt, vielmehr selbst erst als speziellere Folge der von der Ähnlichkeits-Association veranlassten, allgemeinen psychischen Resonanz zu betrachten, und dass diese, wie das mit ihr zur Geltung gelangende Gefühl, in ihrer Eigenart bedingt ist durch die Beziehungen der Übereinstimmung oder des Gegensatzes, welche der die ästhetische Betrachtung fesselnde Vorstellungskomplex aufweist; anders ausgedrückt: durch die psychische Erregungsweise, mit welcher die Vorstellung jenes Komplexes, als Erlebnis betrachtet, identisch ist, und die von sich aus zu dem Anklingen analoger Erlebnisse weiterleitet.[1) Wir

---

[1)] Wir müssen schon hier einen Punkt erwähnen, der eigentlich erst dem dritten der Volkeltschen Einwände gegenüber, betreffend die Zufälligkeit der Association, seine volle Bedeutung gewinnt. Man könnte gegen die Bestimmtheit des Gefühls durch die Melodie darauf hinweisen, dass Melodien in verschiedenen Momenten verschieden auf

vollziehen damit eine Anerkennung des Fechnerschen
direkten Faktors, freilich nur für Töne, Farben und
Rythmen, nicht wie Fechner auch für die geometrischen
Formen. Wie weit wir gerade in diesem Punkte von dem
historischen Formalismus entfernt sind, werden unsere
späteren Ausführungen zeigen.

Wir haben bereits die übliche Einteilung der Gefühle
in Lust- und Unlust-Gefühle im Zusammenhang mit andern
psychologischen Thatsachen verständlich zu machen gesucht.
Vielfach hat man nun den Gegensatz von Lust und Unlust als die einzig angebbare Differenz zwischen verschiedenen Gefühlen hingestellt. Man vergass dabei, dass
bereits mit den Ausdrücken der Übereinstimmung und des
Widerstreits psychische Thatsachen bezeichnet waren, die
nur unter der Annahme eines zu Grunde liegenden Strebens
denkbar sind. Dieses muss also gleichfalls Unterschiede der
Gefühle begründen können. Dasselbe stellt sich zwar zunächst
und dem Ausdruck nach dar als ein Streben der einzelnen
in Betracht kommenden Vorstellungen. Erinnern wir uns

---

mich wirken, dass also von einer unabänderlichen Bestimmtheit nicht
die Rede sein könne. Darauf ist zu antworten, dass durch die har-
monischen und rythmischen Beziehungen der Melodie und die bereits
durch sie bedingte allgemeine Erregungsweise das objektiv gültige
ästhetische Gefühl bestimmt, und dass ein Gefühl nur in dem Masse
ästhetisch ist, als es nicht durch unberechtigte subjektive Zuthaten des
Betrachters gefälscht wurde. Das heisst, genauer gesagt, damit das
erregte Gefühl ästhetisch gültig sei, ist es nötig, dass die seine Resonanz sichernden Associationen echte Ähnlichkeits-Associationen, also
nicht etwa solche der Gleichzeitigkeit oder einer nur partiellen Ähnlichkeit oder Gleichheit sind. Wer zu jenen echten Ähnlichkeits-
Associationen nicht befähigt ist, dem fehlt, anders ausgedrückt, der
zusammenfassende Blick für das Ganze der Erscheinung, und weiter
die Kraft dauernder Konzentration, welche den künstlerischen Menschen
auszeichnet. Seine ästhetischen Urteile haben damit keine Gültigkeit.

aber, dass diese einzelnen Vorstellungen ihre Kraft eben doch von dem seelischen Wesen als Ganzem zu Lehen tragen, resp. selbst nicht denkbar sind, denn als Äusserungen dieser allgemeinen seelischen Kraft,[1]) so leuchtet ein, dass auch ihre Hemmungen und Widerstreite und damit das ihnen zu Grunde liegende Streben auf nichts anderm beruhen kann, als auf dem Streben des gesamten seelischen Wesens selber. Das Streben und Widerstreben unserer Vorstellungen ist eben unser Streben oder Widerstreben.

Die betreffenden Vorstellungen resp. Wahrnehmungen können nun entweder sofort hineingezogen werden in den Kreis unserer empirischen Interessen. Wir können auf Grund ihres Lust- oder Unlustcharakters zu dem Wunsche gelangen, sie zu erhalten oder zu unterbrechen. Insofern wir es thun, würden wir sie nur als angenehm oder unangenehm beurteilen. Unser Verhalten wäre dabei kein ästhetisches. Jene empirischen Interessen brauchen nun aber nicht die Oberhand im Bewusstsein zu gewinnen. Insoweit sie es nicht thun — wir betonen übrigens, dass es sich hier um graduelle Unterschiede handelt — kann das Gefühl zu einem ästhetischen werden. Dieser Prozess liegt damit notwendig über jeden Formalismus hinaus.

Wir müssen, um ihn zu kennzeichnen, weiter bei der Untersuchung des Gefühles verweilen. Streben und Widerstreben waren uns unmittelbar im Gefühle gegeben. Folglich müssen die möglichen Modifikationen des Strebens im Gefühl zum Ausdruck kommen. Sie sind es denn auch, welche ihm seine aus blossen Gradunterschieden niemals verständliche Modifizierbarkeit sichern. Insofern ein Gefühl Elemente des Strebens enthält, und jedes Gefühl enthält deren, nennen wir es Willensgefühl. Die praktische

---

[1]) Siehe voriges Kapitel.

Mannigfaltigkeit dieser Willensgefühle braucht nicht erst deduziert zu werden. Mein Willensgefühl ist ein anderes, wenn ich leichte Hindernisse in arbeitsfroher Thätigkeit aus dem Wege räume, als wenn ich unter hartem Drucke misslicher Verhältnisse meine Widerstandskraft in erfolglosem Ringen verzehre. Uns gilt es, diese Unterschiede von einem höheren Gesichtspunkt aus zu überblicken.

Wir haben bereits den Vorstellungs-Ablauf als die Bethätigung der seelischen Kraft hingestellt. Nun konnten in dieser Wirkung Hemmungen eintreten. Dieselben könnten vielleicht einem Zwiespalt meiner Persönlichkeit entspringen. Dann entstünde Zweifel, Konflikt der Pflichten etc. Wir ziehen hier nur den Fall äusserer Hemmung in Betracht. Ein Gedanke dränge zu meinem Bewusstsein und plötzlich drohe eine äussere Störung meine geistige Arbeit zu unterbrechen. Hier kann dreierlei eintreten. Entweder, ich nehme mich, wie man sagt, zusammen und denke vor allem andern den Gedanken zu Ende. Das hiesse psychologisch: die positiven Faktoren, die auf die Verwirklichung jenes Gedankens hindrängten, behalten die Oberhand; dann habe ich dabei vorwaltend ein „Aktivitätsgefühl", ein Gefühl von Kraft und Befriedigung zugleich. Oder ich gerate in einen Zustand erfolgloser Anspannung: dann bleiben die positiven Faktoren bestehen, aber werden in ihrer Wirksamkeit von den negativen hemmenden paralysiert; ich fühle mich aktiv und passiv zugleich, ich habe ein unbefriedigtes Kraftgefühl. Schliesslich bleibt die Möglichkeit, dass ich wie mit einem Schlage aus meinen Gedanken gerissen werde; hier verhalte und fühle ich mich rein passiv, unbefriedigt und unterlegen.

Jenes Aktivitätsgefühl nun ist stets und unmittelbar verbunden oder genau genommen identisch mit dem ethischen Selbstwertgefühl: je mehr ein Gefühl Gefühl der Aktivität ist, um so grösser ist der in ihm gefühlte Selbstwert.[1]) In diesem Zusammenhange erklärt sich jenes unmittelbare, rein gefühlsmässige Bewusstsein des eigenen Wertes resp. Unwertes, das jede Art von Bewusstseinszuständen begleitet, und von dem wir bereits bei R. Vischer zu reden Veranlassung hatten.

Wir haben absichtlich bisher nur von Willensgefühlen, nicht vom Willen selbst geredet. Offenbar können wir mit diesem verallgemeinernden Worte nur das bezeichnen, was allen unseren einzelnen Willensgefühlen zu Grunde liegt. Hiermit aber stossen wir wiederum auf die seelische Kraft selber, und zwar insofern sie in ihrer eigentümlichen Be-thätigung Hemmungen zu überwinden hat, mit ihr ist im Grunde unser Wille identisch.

Wille in diesem Sinne kennen wir aber nur an der Persönlichkeit. Das Ergebnis dieser Überlegungen ist im Grunde ein selbstverständliches. Ein Gefühl war als Willens-Gefühl nicht möglich ohne einen zu Grunde liegenden Willen; dieser weiter war nicht möglich ohne eine Persön-lichkeit, von der er getragen wurde — ist doch gerade das Willensgefühl auch für das einzelne Individuum selbst die ursprüngliche, später erst im Denken entfaltete Form seines Ichbewusstseins.[2]) Wo wir demnach auch immer ein Ge-fühl oder gefühlsmässige Regungen zu sehen glauben, da müssen wir notwendig eine Persönlichkeit denken, welche in diesem Momente gerade dieses Gefühl erlebt, unter andern Bedingungen aber, gleich der unsern, auch andere Gefühle und innere Zustände erleben könnte.

Blicken wir jetzt zurück auf den Akt der Einfühlung. Wir hatten ihn bereits verfolgt bis zu dem Punkte, wo mit der Resonanz der Ähnlichkeits-Associationen ein ästhe-

---

[1]) Vgl. Lipps, Über Formenschönheit insbesondere des menschl. Körpers. Nord u. Süd Bd. XLV, Heft 134, p. 286. — [2]) Vgl. Lipps, Grundz d. Logik, p. 4 ff.

tisches Gefühl entstanden war. Dieses Gefühl erweist sich
nun nach dem letzten gleichzeitig als Willens- und als
Selbstwert- resp. Selbstunwert-Gefühl. Das Eintreten eines
bestimmten Willensgefühls hing dabei mit jener Resonanz
in ganz unmittelbarer Weise zusammen, die noch besonders
hervorzuheben ist. Jede Melodie repräsentiert diese oder
jene, gehemmte, freie, sichere, rasche oder langsame, sprung-
hafte oder stetige Art seelischer Bewegung, und wir pflegen
der Abfolge der Töne selbst eine entsprechende Bewegung
zuzusprechen.[1]) Damit verbindet sich nun durch die Resonanz die Vorstellung von Erlebnissen, die gleichen Charakter
tragen. Mit ihnen ist für unser gesamtes geistiges Dasein
ein Gefühl der Aktivität oder Passivität oder beider in
irgend welcher spezifisch bestimmten Mischung gegeben,
eine durchgreifende Modifikation unseres Gesamtbewusstseins-
zustandes, der Art unseres Selbstgefühls ist dadurch ein-
getreten. — Wir haben auf diese Weise dasjenige psychologisch werden sehen, was wir früher allgemein mit dem
zusammenfassenden Namen des inneren Nacherlebens zu
charakterisieren versuchten.

Wir kommen nunmehr zu dem Problem der Gefühls-
Übertragung. Der Schlüssel dafür liegt in Folgendem.
Die Thatsache, dass das in der ästhetischen Betrachtung
durch die Resonanz verwirklichte Gefühl der Aktivität oder
Passivität, des freien Vorwärtsstrebens oder der Hemmung
etc. unmittelbar durch die Wahrnehmung, in dem oben von
uns als Beispiel gewählten Falle durch die Melodie bedingt,
also an eine objektive Thatsache gebunden erscheint, verleiht auch dem Gefühlsinhalt den Charakter eines objektiven

---

[1]) Zu bemerken ist dabei, dass wir die Bewegung in den Tönen
gar nicht als gehemmt, frei, sicher, etc bezeichnen würden ohne jene
Resonanz. Die Analogie derselben mit unserm sonstigen Streben oder
Widerstreben liegt daher in jenen Ausdrücken bereits enthalten. Vgl.
Lipps, Über Formenschönheit, insb. d. menschl. Körpers a. a. O. p. 229.

Phänomens. Es wird demnach psychologisch verbunden
mit jener Wahrnehmung, die uns zu der Verwirklichung
des Gefühlsinhaltes nötigte. Es fragt sich nur, wie wir
hier verbinden müssen. Offenbar nicht in begrifflich for-
mulierender Weise; vielmehr nicht anders, als wie wir überhaupt mit Erscheinungen der raumzeitlichen objektiven
Wirklichkeit psychische Phänomene zu verbinden pflegen.
Das heisst nicht anders, als wie wir mit den Körpern
lebender Wesen die Vorstellung ihres geistigen Lebens
verbinden. Wir verlegen dasselbe — mit welchem Rechte
ist hier nicht die Frage — in jene Körper hinein und
fassen dann diese als Ausdruck des Geistigen. Dieses Geistige
war uns selbst nicht etwa als solches von aussen gegeben,
sondern wir erzeugten dasselbe in uns auf Grund von gegebenen Wahrnehmungen fremder Körper aus Elementen
unsrer eignen Persönlichkeit. In derselben Weise erzeugen
wir jene oben bezeichneten Gefühlsinhalte, auf Grund von
Wahrnehmungen der ästhetischen Objekte, in uns, um sie
dann in gleicher Weise an die Objekte gebunden vorzu-
stellen. Soweit ferner das in die fremden Körper verlegte
geistige Leben in unserer Persönlichkeit positiven Wider-
hall findet, entsteht aus der Verlegung ein Gefühl der
Sympathie. Eben dieses Sympathie-Gefühl entsteht unter
der gleichen Voraussetzung aus jener völlig gleichartigen
Verlegung seelischer Erregungen, insbesondere jener Aktivität und der ihr verwandten Gefühle in die ästhetischen
Objekte. Auch unser Verhalten ihnen gegenüber wird zur
Sympathie, zur Sympathie in demselben Sinne und auf
Grund des gleichen psychologischen Vorgangs. Aller ästhetische Genuss ist schliesslich nichts als beglückendes Sympathiegefühl oder was dasselbe besagt, gesteigertes Selbst-
oder Selbstwert-Gefühl. Damit vollendet sich der Begriff
der ästhetischen Symbolik.

Kapitel VIII.

Zurückweisung des dritten Einwandes.

Warum Association nicht nur einen rein zufälligen Zusammenhang bedeutet.

Wir haben bis jetzt den Einfühlungsakt analysiert und psychologisch beschrieben in Ansehung eines möglichst einfachen Falles. Derselbe war dadurch gegeben, dass das endgültige Gefühl hinsichtlich seiner Eigenart bereits durch das Verhältnis der in Betracht kommenden Empfindungen — Harmonik und Rhythmik von Tönen — bedingt war. Wir entschlugen uns damit vorläufig der Sorge um den bestimmenden Einfluss, den bei allen dinglichen Objekten die Erfahrungs-Association auf die Eigenart des fraglichen Gefühles ausübt. Es galt uns zuvörderst nur deutlich zu machen, dass und in welcher Weise die Vertiefung dieses Gefühles zum ästhetischen als das Werk der Ähnlichkeits-Association zu begreifen ist. Freilich waren auch hiermit frühere Erfahrungen und ihnen entstammende associative Komplexe stillschweigend vorausgesetzt: insofern nämlich, als überhaupt die Ähnlichkeits-Association ein aus der Erfahrung stammendes Vorstellungsmaterial benötigt; die Reproduktion vollzog sich hingegen durchaus und ausschliesslich auf Grund der Ähnlichkeit als solcher.

Überall da aber, wo sich dingliche Objekte, räumliche Formen im weitesten Sinne der ästhetischen Betrachtung darbieten, bestimmen neben den empfindungsmässigen Wahrnehmungsinhalten in erster Linie die mit diesen verknüpften früheren Erfahrungen die Eigenart des resultierenden Gefühls. Erst das thatsächliche Dasein und Bestehen desselben im Bewusstsein des ästhetisch Betrachtenden ist dann wiederum bedingt durch die Resonanz des Gleich-

artigen, d. h. durch die reine Wirkung der Ähnlichkeits-
Association. So wird die elastisch aufsteigende Säule nur
dann einen ästhetischen Eindruck auf uns machen können,
wenn wir an ihr zunächst die Momente des Tragens, Lastens,
Stützens, Emporstrebens auf Grund allgemeiner Erfahrungen
über die gegenseitigen Beziehungen aller im Raume be-
findlichen Objekte erkannt und wenn wir ferner die Vorstellung dieser Momente auf dem Wege der Ähnlichkeits-
Association und ihrer Resonanz mit persönlichen früheren
Erfahrungen und Erlebnissen verknüpft und bereichert
haben. Dann erst ist unsere Betrachtungsweise ästhetisch,
dann erst beseelend. Dass wir ohne jenen Hinweis auf
früher gemachte Erfahrungen nicht auskommen, wird besonders deutlich an der Wirkung der menschlichen Gestalt.
Diese ist nicht schön als das Konglomerat von Farben, als
das sie sich der primären Wahrnehmung darbietet, wie sie
etwa ein Blindgeborner unmittelbar nach seiner Heilung
vollzöge. Sie ist vielmehr schön eben als menschliche Gestalt, d. h. als dasjenige, was durch die unwillkürliche und
unbewusste Mitwirkung aller früheren Erfahrung aus jenem
Konglomerate für unser Bewusstsein entstanden ist. Sie
wirkt danach „als der unmittelbare und naturgemässe Ausdruck des Inneren einer Persönlichkeit“.[1])

Es ist klar, dass jene frühere Erfahrung nur dadurch
neuerdings mitsprechen kann, dass sie von dem primär gegebenen Konglmeraote reproduziert wird. Diese Reproduktion aber setzt eine Association voraus.[2]) Ferner
zeigten wir bereits prinzipiell in unserem VI. Kapitel,
wie überhaupt associativ angeknüpfte Gegenstände unseres
Vorstellens, Urteilens, Wissens so unmittelbar mit unseren

---

[1]) Lipps, Üb. d. Symb. uns. Kleidung. Nord u. Süd XXXIII, p. 332.

[2]) Vgl. Lipps, Gr. des Seelenl. p. 14, 368. Ders , Über Formenschönheit etc. Nord u. Süd XLV, p. 241

Wahrnehmungen verbunden sein können, dass sie nur
durch geflissentliche Analyse von denselben zu trennen
sind.   Von hier aus nun ist der Einwand Volkelts zu
widerlegen, dass associative Verknüpfungen stets rein zufällige seien. Fragen wir uns nämlich, wie es kommt, dass
jene Erfahrungen in so enge Verknüpfung mit bestimmt
gearteten Wahrnehmungen treten, so ergiebt sich, dass
das nur möglich ist durch die Regelmässigkeit, mit welcher
derartige Erfahrungen gemacht werden.[1]) Mögen auch die
Nebenumstände, unter denen wir sie vollziehen, mannigfach
wechseln, „die wichtigsten Associationen werden dem
Menschen durch die allgemeine Natur der menschlichen,
irdischen und kosmischen Verhältnisse auch allgemein auf-
gedrungen, wonach z. B. niemand den Ausdruck der Ge-
brechlichkeit mit dem der Kraft und Gesundheit, niemand
den Ausdruck der Güte oder geistigen Begabtheit mit dem
der Bösartigkeit oder Dummheit verwechseln kann."[2])

Finden sich aber doch Menschen, die in diesen Punkten
irren, so wird dadurch die allgemeine Gültigkeit der Beziehung nicht erschüttert, welche zwischen Erscheinung
und dem, was sie bedeutet, waltet. Eine solche Deutung
der Erscheinung ist nun auch in der ästhetischen Anschauung enthalten, so weit sie es mit dinglichen Objekten
zu thun hat. Die Allgemeingültigkeit der hier in Betracht
kommenden Beziehungen — soweit sie unvermeidlich in
Betracht kommen — sichert dem ästhetischen Urteil selbst

---

[1]) Genauer müsste man sagen: Bereits jede erstmalige Association
ist durch jene Enge der Verknüpfung ausgezeichnet. Aus anderen
Erfahrungen resultierende Associationen können dann mit jener ersten
in Widerstreit geraten, sie aufheben oder modifizieren. Aus diesem
Widerstreite der Associationen entwickelt sich assymptotisch die objektiv
gültige Erfahrung. Vgl. Th. Lipps, Grundzüge d. Logik. Hamburg 93.
— [2]) Fechner, Vorsch. d. Ästh. Bd. I, p. 119.

seine Allgemeingültigkeit.[1])   Die Leichtigkeit, mit der
gerade hier persönliche Differenzen in der Auffassung und
Beurteilung eintreten, kann daran nichts ändern. Denn
die Allgemeingültigkeit jener Beziehungen gestattet es[2]),
von richtigen und falschen Gefühlen zu reden in derselben
Weise, wie wir von richtigen und falschen wissenschaftlichen Erkenntnissen längst zu reden gewohnt sind.
Wiederum findet sich schon bei Fechner diese Erwägung.
„Bietet uns die Erfahrung oft Umstände, die nicht wesentlich zu einander gehören, doch oft mit einander in Verbindung dar, so entsteht eine falsche Association und hiermit
ein falsches Gefühl; es knüpft sich darnach im Geiste zusammen, was in der Natur der Dinge nicht verknüpft ist,
und legen wir danach gefühlsweise den Dingen Bedeutungen
bei, die sie nicht haben, wonach uns etwas gefallen kann,
was missfallen sollte, und missfallen, was gefallen sollte."[3])

In der That besteht zwischen dem ästhetischen Gefühl
und dem Wissen im weitesten Sinne eine tiefgreifende Verwandtschaft.   Wir wenden uns, um das zu erhärten,
wiederum zu demjenigen Beispiel, das für uns stets den
Prüfstein ästhetischer Theorien gebildet hatte, zu dem
Problem der geometrischen Formen. Wir hatten gesehen, wir
beurteilen die Schönheit derselben darnach, wie sie sich
gegenüber den allgemein im Raume wirkenden Kräften in
ihrer Eigenart und Selbständigkeit zu behaupten schienen.
Wir wissen jetzt, warum die Vorstellung dieser Kräfte zu
Formen psychologisch in Beziehung treten musste. Der
Grund liegt eben in der Enge der Verknüpfung, welche
zwischen unserer associativ gewonnenen Erfahrung über die
Wirkungsweise jener Kräfte und der Vorstellung jedes be-
liebigen räumlichen Objektes waltet. Eben weil wir aus

---

[1]) Vgl. Lipps, Ästhet. Litteraturbericht I, p. 42. — [2]) Vgl. ibid.
p. 39. — [3]) Fechner, Vorsch. d. Ästh. Bd I, p. 100.

der eigenen Erfahrung wissen, dass zu jedem räumlichen
Verharren und Bewegen ein grösseres oder geringeres Mass
von Kraft gehört, eben darum können wir uns der Vorstellung dieser letzteren keinem Räumlichen gegenüber
entschlagen.

Welches sind denn nun aber jene allgemeinen Kräfte,
deren associativ erworbene Kenntnis wir jedem ästhetisch
Betrachtenden glauben zumuten zu dürfen?

Der erste dieser allem Individuellen feindlichen Wider-
stände betrifft sein Aufstreben zur Höhe. Je weniger sich
die Einwirkungen der Schwerkraft, denn um diese handelt
es sich hier, in der Haltung des Gebildes verraten, um so
mehr eigene Energie glauben wir demselben zusprechen zu
müssen. Wir kennen eben aus eigener Erfahrung die Art
jener Wirkung.

Die zweite jener dem Individuellen feindlichen Tendenzen
ist begründet in der allgemeinen Natur des Raumes selber.
Der Anthropomorphismus macht aus dem Raum als dem
Ausgedehnten kat'exochen das sich Ausdehnende kat'exochen.
Wir können zuweilen diesem sich Ausdehnenden eine subjektive Sympathie entgegenbringen; so angesichts von
Landschaften mit weiten Perspektiven. Hier „geniessen
wir das Glück“ des allseitig oder wenigstens in einer Richtung ungehemmt sich verbreitenden Raumes. So verdankt
auch speziell die Schönheit der Thäler ihren Wert zum
grossen Teil dieser besonderen Art der Beseelung. Der
gleiche Anthropomorphismus ist für die Auffassung
der reinen Formen von Wichtigkeit; nur freilich in der
Weise, dass unsere Sympathie hier nicht auf Seiten der
Ausbreitungstendenz zu stehen kommt. Die letztere ist
nämlich offenbar eine Feindin jeder individuellen Form,
als welche nur im festen Zusammenhalt ihrer Begrenzung
sich so, wie sie ist, zu behaupten vermag. Überall sym-

pathisieren wir daher mit denjenigen Formen, welche in konsequenter Weise über diese in ihnen selbst wirksame expansive Tendenz Herr zu werden scheinen.

Das dritte[1]) jener alles bedrängenden Hemmnisse gilt jeder Bewegung, die von der geradlinigen abweicht; wo wir eine solche Bewegung sehen, da vermuten wir eine Kraft, deren Impuls die Abweichung herbeiführt. Wir schätzen es in diesem Falle, wenn die richtungändernde Kraft eine konstante ist; denn nur wenn sie es ist, scheint sie frei aus sich selber zu wirken.

Wir haben für die Wirkungsweise der hiermit bezeichneten Kräfte ein äusserst feines Gefühl; ein Gefühl, welches auch da noch ausreicht und sicher geht, wo die Kompliziertheit der Formen ihrer mathematischen Bestimmung bereits äusserste Schwierigkeiten entgegenstellt. Mit gutem Grunde hat daher Th. Lipps[2]) der wissenschaftlichen Analyse dieses Gefühles den zunächst paradox klingenden Namen „ästhetische Mechanik" verliehen.

Es wäre leicht, auch für die ästhetische Betrachtung auf andern Gebieten die ausschlaggebenden allgemeingültigen Erfahrungen zu bestimmen. So wird keiner die Landschaft verstehen, der nichts weiss über die Wechselwirkung zwischen ihrem Aspekte und ihrer unmittelbaren Wirkung auf unser Befinden und Ergehen. Dieser Wirkung nämlich glauben wir alles in der Landschaft Befindliche unterworfen zu sehen. Seine ästhetische Bedeutung gewinnt das Einzelne in ihr dann durch die Art, wie es sich jener allgemeinen Einwirkung gegenüber verhält. Es kann sich ihrer erfreuen, wie die Blume im Sonnenschein; es kann sich ihrer erwehren wie der Baum im Sturm. Und in der Landschaft als Ganzem scheint das betrachtete Stück

---

[1]) Die hier gegebene Dreiteilung verdanke ich Herrn Prof. Lipps. — [2]) In den Beilagen zu seiner Vorlesung über Ästhetik.

Erde selbst sich dieser Wirkungen zu erfreuen oder dar-
unter zu leiden, immer doch im Innersten ruhig und un-
erschüttert. Dazu tritt notwendig, die Wirkung steigernd
oder störend, die in den Teilen des Bildes sich geltend
machende Symbolik der Farben, Linien und räumlichen
Erstreckungen.

So wird das ästhetische Urteil durch seine psychologische
Zurückführung auf unbewusste associative Nebenvorstellungen
durchaus nicht etwa in die Sphäre des lediglich subjektiv
Gültigen zurückgewiesen, sondern vielmehr gerade so seine
enge Relation zu objektiv gültigen Erfahrungen und damit
seine eigene objektive Bestimmtheit erst deutlich gemacht.

Umgekehrt ist es auch so erst möglich, die Fehlerquellen aufzudecken, welche ästhetische Urteile minder-
wertig machen. Diese möglichen Fehler sind sehr verschiedener Herkunft.

Zunächst können die Empfindungen eines Menschen
stumpf sein, es kann ihm an Feinsinnigkeit im eigentlichen
Verstande fehlen. Dieser Mangel wird zum Beispiel fühl-
bar, wenn Unmusikalische über Musik, wenn Leute ohne
Sinn für die Farbe über Bilder sprechen. In einem solchen
Menschen würde von vornherein ein ästhetisches Gefühl
nicht seiner Eigenart nach bestimmt sein können.

Es kann zweitens die allgemeine Erfahrung des Betrachters — wie die über die Kraftwirkungen im Raume,
über den Zusammenhang zwischen Aspekt und Wirkungsweise der Landschaft u. s. f. — eine unzureichende und
unbestimmte sein. Es fehlt ihm dann, psychologisch geredet, an den nötigen Erfahrungs-Associationen; allgemeiner
genommen entweder überhaupt an dem offenen Sinn für
die Wirklichkeit, der die unerlässliche Vorbedingung aller
künstlerischen Bethätigung abgiebt, oder zum mindesten
an den Erfahrungen über einen bestimmten Ausschnitt der

Wirklichkeit; so giebt es manche, denen nur darum ein ästhetisches Urteil über die Landschaft fehlt, weil sie dieselbe nicht kennen.

Es kann drittens ein speziellerer Mangel der Auffassungsgabe vorliegen. Es kann dem Betrachter dasjenige fehlen, was wir oben als die Kraft des zusammenfassenden Blickes bezeichneten, was man auch als Sinn für das Wesentliche bezeichnen könnte. Er wird dann stets nur kleinere Komplexe aus dem Material seiner Betrachtung herausgreifen, und sein Urteil über einen solchen für ein berechtigtes Urteil über das Ganze halten.

Es kann viertens einem Menschen, selbst wenn ihm dieser Sinn für das Wesentliche nicht abgeht, doch die Gabe fehlen, ein gefordertes Gefühl in sich ausklingen zu lassen; sei es aus einseitiger Konsequenz, weil er ganz von einem grossen empirischen Interessenkreise beherrscht ist, dessen Forderungen vor keinem möglichen Eindruck verstummen — wir rechnen hierzu auch die technischen Interessen mancher Künstler —, sei es, weil er sich überempfindlich auch nicht dem geringsten äusseren Reize durch innere Konzentration zu entziehen vermag, sei es schliesslich nur aus schlechter Erziehung, in deren Folge etwa eine unüberwindliche Sprunghaftigkeit seiner Phantasie jeder anhebenden Vertiefung die Wege kreuzt. Psychologisch betrachtet fehlt hier die geforderte Wirkung der Ähnlichkeits-Association. Es ist klar, dass dieser letzte Mangel gern mit dem vorigen Hand in Hand gehen wird.

Gesetzt nun aber, zwei Menschen erfüllten beide die mit diesen Mängeln implicite aufgezählten Forderungen, so bliebe immer noch die Möglichkeit offen, dass ihre ästhetischen Urteile demselben Objekte gegenüber in Bezug auf schön und hässlich differierten. Das beruht dann notwendig auf der Differenz der Persönlichkeiten. Der einen Persönlichkeit gelingt es leicht, gewisse Arten des inneren Erlebens, gewisse Modifikationen des Gefühls in sich zu verwirklichen, welche der anderen auf ewig verschlossen bleiben. Solche Fähigkeit kann keiner äusseren Erfahrung ihr Dasein verdanken. Sie kann höchstens von einer solchen geweckt werden; und zwar kann auch in der ästhetischen Auffassung selbst diese Erweckung von statten gehen.

Hierin tritt die letzte der Forderungen für die objektive Gültigkeit ästhetischer Urteile zu Tage. Wer sie fällen soll, muss als Persönlichkeit reich und mächtig genug dazu sein, um jedes mögliche menschliche Gefühl zugleich in höchster Stärke in sich erleben zu können. Wir haben bereits die psychologische Gleichartigkeit des ästhetisch befriedigenden Gefühls mit dem ethischen Selbstwertgefühl aufgedeckt. Der Unterschied zwischen der absoluten ethischen und der absoluten ästhetischen Persönlichkeit darf darum nicht übersehen werden. Für erstere ist die stete absolute Bereitschaft aller irgend möglichen Motive des Handelns Erfordernis. Keines derselben darf je den Dienst versagen, und sollte die Lage des Handelnden noch so sehr dazu angethan sein, ihn zu einseitigen Rücksichtnahmen zu verführen: Allgegenwart der Motive hat sich mit ihrer absoluten Harmonie zu vereinen.

Die Aufgabe der ästhetischen Persönlichkeit kat'exochen ist eine geringere. Wie etwa ein Märchen den reinen künstlerischen Genuss zulässt, obwohl es, mit Konsequenz freilich, von gewissen Regeln der raumzeitlichen Erfahrung absieht, wie also hier die künstlerische Harmonie des Objektes ästhetischer Betrachtung möglich ist ohne durchgreifende Berücksichtigung aller in der Wirklichkeit geltenden Gesetze, so kann auch in dem Schönheitsgefühle der absoluten ästhetischen Persönlichkeit selber die künstlerische Harmonie auf Kosten der Allgegenwart aller ethischen

Motive zustande kommen. Wir erinnern wieder an
Richard III. Hierin liegt das Unmoralische aller rein
künstlerischen, das Unkünstlerische aller rein moralischen
Betrachtungsweise.

Wie nun weiter im Märchen die Abweichung von den
Bedingungen der Wirklichkeit nicht so weit getrieben
werden darf, dass die Forderungen derselben sich trotz
aller ästhetischen Isolation in die Betrachtung störend
hineindrängen, so kann auch die Fähigkeit der Abstraktion
von ethischen Motiven, zunächst für den einzelnen, eine
Grenze zeigen, bei welcher die letzteren die ästhetische Erregung als solche nicht nur kreuzen, sondern gänzlich zu
nichte machen würden. Hier tritt uns der Gegensatz
zwischen der absoluten ethischen und der absoluten ästhetischen Persönlichkeit am schärfsten vor Augen: jene
Grenze der Abstraktionsfähigkeit würde für die ästhetische
Persönlichkeit im Unendlichen liegen, bei der ethischen
gewissermassen mit dem Nullpunkt zusammenfallen. Das
heisst, es wäre der idealen ethischen Persönlichkeit überhaupt verwehrt, ihren Blick von dem umfassenden Zusammenhange der praktischen Welt hinwegzuwenden; es
wäre für sie keine Kunst in unserm Sinne mehr möglich.
Es erhöbe sich weiterhin die Frage nach dem Wert-
verhältnisse des ästhetischen und des ethischen Ideals. Indessen dieses Problem läge über die Grenzen unseres
Themas hinaus.

Kapitel IX.

Zusammenfassung.

Das Resultat unserer Untersuchungen ist somit den
Hauptpunkten nach folgendes. „Einfühlung" ist nicht das
aufhellende Wort für den thatsächlichen psychischen Akt,

der uns die Objekte unserer ästhetischen Anschauung gerade
so und nicht anders erscheinen lässt, sondern nur eine meta-
phorische und nicht einmal eindeutige Bezeichnung in
Bausch und Bogen, die ihn von seinem schliesslichen Re-
sultate aus allgemein zu charakterisieren geeignet ist.

Diesem psychischen Akte galt unsere Analyse.

Wir untersuchten zunächst, wodurch das in ihm verwirklichte Gefühl in seiner Eigenart bestimmt sei. Wir
fanden es bestimmt durch die Eigenart der einzelnen in
Betracht kommenden Empfindungen und ihre Stellung zur
Psyche überhaupt. Wir fanden es ferner bestimmt durch
die Beziehungen solcher Empfindungen zu einander, so durch
die harmonische und rhythmische Ordnung der Klänge in
der Musik; und schliesslich durch die Bedeutung, welche
Objekte der Wahrnehmung auf dem Wege der Erfahrungs-
Association für uns gewonnen haben.

Wir fragten zweitens nach der Bedingung, die jenem
Gefühle Selbständigkeit und Vertiefung zum ästhetischen
sichert. Wir fanden dieselbe in der Resonanz der Ähnlichkeits-Associationen, womit ein sachlicher und deutlicher Ausdruck für den provisorischen und missverständlichen des
inneren Nacherlebens, und ein positiver für die Forderung
der Freiheit von empirischen Interessen gewonnen war.

Wir fragten ferner nach der Stellung dieses Gefühles
zu der ganzen Persönlichkeit und fanden die Vermittlung
zwischen beiden im Willensgefühl.

Weiter suchten wir zu ergründen, warum und wie das
so entwickelte Gefühl unmittelbar an die Inhalte der
Wahrnehmung gebunden erscheine. Wir fanden den
Grund für das Warum in der unentrinnbaren, unmittelbaren und unbewussten Wirksamkeit der disponiblen Associationen; den Grund für das Wie in der durchgreifenden
Gleichartigkeit, die zwischen der ästhetischen Beseelung

beliebiger Objekte und der ethisch praktischen Beseelung
unserer Mitmenschen obwaltet, wonach das Sinnliche als
Mittel des Ausdrucks, als Symbol des Geistigen sich dar-
stellt.

Wir zeigten dabei, dass gerade aus der associations-
psychologischen Betrachtungsweise ein Massstab für die
objektive Gültigkeit ästhetischer Urteile zu gewinnen sei.

Und schliesslich führten wir die Tiefe und Macht des
ästhetischen Eindrucks zurück auf die notwendig mit ihm
gegebenen Modifikationen des ethischen Selbstwertgefühls.

——— —— ---

Lightning Source UK Ltd.
Milton Keynes UK
UKHW020057170223
417112UK00006B/790